ATB · ALEX TASCHENBÜCHER · ATB

Willi Meinck

Salvi Fünf

oder

Der zerrissene Faden

W0250810

DER KINDERBUCHVERLAG BERLIN

Einband und Illustrationen: Regine Röder

ISBN 3-358-00138-5

3. Taschenbuchauflage 1987
© DER KINDERBUCHVERLAG BERLIN – DDR 1979
Lizenz-Nr. 304-270/434/87-(135)
Gesamtherstellung:
Grafischer Großbetrieb Völkerfreundschaft Dresden
LSV 7521
Für Leser von 9 Jahren an
Bestell-Nr. 631 002 0
00160

Beim Fischfang

Siehst du die Lichter dort unten? Das sind die Gaslampen der Fischerboote, die in mondlosen Nächten aufs Meer hinausfahren. In einem von ihnen sitzt Salvatore Fünf mit seinem Schwager Nicolo. Salvatore ist zehn Jahre alt. Die Schwatzmäuler von Hunderteier erzählen sich, er hätte schon als Säugling schwimmen können. Manche sagen sogar, er wäre ein Kind der Meergöttin Galatea, die unterm Felsen wohnt und die Fischer betört. Tatsache ist, daß er flink wie ein Delphin durchs Wasser flitzt. Selbst in düsteren Nächten, wenn das Meer wie geschmolzene Lava ist, wagt er sich hinaus. Seine Freunde nennen ihn Salvi Fisch. Nur Benedetto hänselt ihn zuweilen mit dem Spottnamen Salvi Eselsohr. Eine glatte Verleumdung übrigens, die sich kein anderer als Benedetto ausdenken konnte.

Die Fischerhütte, in der Salvi mit seiner Mutter und der kleinen Giulia wohnt, liegt unten am Strand. Dort beginnt Hunderteier und zieht sich zur Felsenterrasse hinauf. Die Häuser stehen auf winzigen Vorsprüngen und wirken, vom Meer aus betrachtet, als wären sie an den Felsen geklebt.

Willst du wissen, warum der Ort Hunderteier heißt, mußt du Nicolo fragen. Nicolo weiß alles. Solch einen Schwager zu haben ist ein großes Glück für Salvi. Erinnerst du dich, wie Nicolo ganz allein einen Schwertfisch harpunierte? Niemand hat es zwar gesehen, und manche sagen, der Fisch hätte schon gestunken, als Nicolo ihn an Land zog.

Doch was soll das dumme Gerede? Natürlich hat es das Lästermaul Benedetto aufgebracht. Und was ist

Benedetto im Vergleich zu Nicolo? Ein Maulwurfshügel neben einem feuerspeienden Vulkan. Nicht einmal die Zeitung kann er lesen. Und ist er vielleicht wie Nicolo schon jemals in Rom oder Milano gewesen? Oder hat er in den Gruben von Montecatini gearbeitet?

Nichts von alledem! Solange er lebt, ist er aus Hunderteier nicht herausgekommen. Damit du es weißt: Was Benedetto schwätzt, ist für den Jungen weniger als einen Hühnerdreck wert. Dem heiligen Pancrazio sei Dank, daß Salvis Schwester Maria nicht Benedetto, sondern Nicolo geheiratet hat.

Der Ätna ist höher als die Wolken. Sein Schneegipfel stößt an die Sterne. Es scheint, als schwebe er durch die violette Nacht. Salvi sitzt im Schein der Gaslampe auf der Ruderbank. Sehnsüchtig betrachtet er den mächtigen Berg, der bis an den Himmel reicht. Auf seinem Gipfel möchte er stehen und kleine Splitter von den Sternen abbrechen.

„Sind sie aus Silber, Nicolo?"

Ein Lächeln zieht über Nicolos Seeräubergesicht.

„Aus Dreck und Steinen, Salvi."

Der Junge senkt die Stirn und stemmt die Fußsohlen gegen die Planken. „Glaubst du mir nicht?" fragt Nicolo.

Salvi schüttelt den Kopf.

„Also gut", lenkt Nicolo ein, „möglicherweise ist der eine oder andere aus Silber. Doch was kümmern uns die Sterne?"

Er zieht das Netz ein Stück aus dem Wasser und läßt es wieder zurückfallen. „Keinen einzigen Fischschwanz locken wir mit unseren Lichtern an."

Salvis Fußsohle scharrt über die Planken. Er sinnt

über etwas nach, und Nicolo stört ihn nicht. Die Nacht ist lang, und die Worte, die gesagt werden müssen, kommen von selber über die Lippen.

„Hundertmal hast du versprochen, mit mir in die Stadt zu fahren", sagt Salvi nach langem Schweigen.

Nicolo lacht — ein verlegenes, leises Lachen.

Salvi verschränkt die Arme hinterm Kopf und beugt sich zurück.

„In einer Gelateria möcht ich sitzen und Eis essen, bis mir der Bauch platzt. Oder lebende Bilder auf der Leinwand sehn! Sag, Nicolo, wann fährst du mit mir in die Stadt?"

„Bald, Salvi. Alles kauf ich, was du dir wünschst: Limonade, Kuchen, Bonbons . . ."

„Und ein Paar Schuhe?"

„Auch ein Paar Schuhe."

„Aber wann, Nicolo?"

„Bald."

„Schwöre es!"

Die Augen des Knaben sind fest auf Nicolo gerichtet. Schweigen. Schwarz breitet sich die Dunkelheit über die Bucht. Auf dem Meer liegt ein schwaches, vergängliches Leuchten. Nicolo dreht und wendet sich unter Salvis Blick.

„Glaub mir oder glaub mir nicht. Jedenfalls nehm ich dich mit in die Stadt, und basta."

Er dreht an der Schraube des Gastanks, macht hier einen Handgriff und dort einen Handgriff und ärgert sich, weil er gelogen hat.

Der Fischerkahn, mit dem er das tägliche Brot verdient, ist älter als hundert Jahre. Die Planken sind rissig und schwer von Feuchtigkeit. Das Alter nagt an ihnen. Nicolo braucht ein neues Boot. Das kostet dreißigtausend Lire. Maria muß ein Kleid haben, und das Töchterchen benötigt dies und das. Nicolo träumt von einem Kutter mit einem Motor, stark wie ein Wal, der ihn zu unerschöpflichen Fischgründen trägt. Ein Traum, gewiß, aber wer sagt dir, daß nicht eines Tages ein Wunder geschieht?

Siehst du, dort liegt der neue Kutter am Strand, inmitten bescheidener Fischerkähne. Und Nicolo tritt im Morgengrauen mit Pinsel und Farbtöpfen aus seiner Hütte, um ihn zu schmücken wie eine Braut...

Der Nachtwind streicht übers Meer. Salvi hockt mit angezogenen Knien auf der Ruderbank. Die Stadt ist für ihn so fern wie der Ätna oder die Sterne. Hunderttausend Städte und gewaltige Meere gibt es auf der Weltkugel, die durch die Luft wie durch Wasser schwimmt. Man sagt, sie drehe sich um ihre eigene Achse, aber du kannst springen und springen, immer landest du wieder in Hunderteier. Seltsame Gedanken tauchen beim nächtlichen Fischfang auf, Gedanken von seltsamer Kraft, die Salvis Herz mit Sehnsucht erfüllen.

Nicolo legt dem Jungen eine Decke um die Schultern. Die Wellen flüstern ums Boot. Jetzt siehst du die Fische im Schein der Gaslampe, Fische mit dunkelgrünen Rücken, gezackten Flossen und silbrigen Leibern, die wie Diamanten aufblitzen. Minuten sind wie Stunden und Stunden wie Minuten. Die Finsternis scheint lichter geworden. Oder ist es der meergrüne Schleier vor den Augen, der das Dunkel belebt?

„Schläfst du, Salvi?"

„Nein, Nicolo."

„Woran denkst du?“
„An nichts.“
„Hab ich dir nicht erzählt, daß ich mir eines Tages einen Fischkutter kaufen werde?“
„Ja, schon oft hast du mir das erzählt. Er kostet dreihundertfünfzigtausend Lire, hat Benedetto mir gesagt.“
Mit einer Handbewegung wischt Nicolo den lästigen Namen beiseite.
„Du weißt also, daß ich mir einen Fischkutter kaufen werde, doch du weißt nicht, wie er heißen wird.“
„Santa Rosalia oder Santa Maria.“
„Falsch geraten. Mein Kutter wird ‚Salvatore Fünf‘ heißen.“
Der Junge mustert Nicolo mißtrauisch. „Salvatore Fünf?“
„So und nicht anders. Allen kannst du sagen, daß Nicolos Kutter ‚Salvatore Fünf‘ heißen wird. Das schwöre ich dir.“
Da lächelt Salvi und erinnert sich an die Geschichte, der Hunderteier seinen merkwürdigen Namen verdankt. Sie soll sich vor fünfhundert oder sechshundert Jahren zugetragen haben.
Eine Frau fand auf der Straße ein schneeweißes Hühnerei. Sie lief zur Gevatterin und erzählte: „Denk dir, heut habe ich zehn Eier gefunden.“
Die Gevatterin lief zur Base und rief, noch ganz außer Atem: „Denk dir, fünfzig Eier hat die Alte gefunden.“
Die Base rannte durchs ganze Dorf, traf aber nur Großvater Carducci zu Hause an.
„Denk dir, hundert Eier hat sie auf der Straße gefunden.“

Ein Glück, daß die Fischer bei ihren Booten und die Bauern auf den Feldern waren. So blieb es bei hundert Eiern. Und der Ort, wo dies geschah, erhielt den Namen Hunderteier.
Diese Geschichte geht Salvi durch den Kopf.
Aus einem Ei sind im Nu hundert Eier geworden. Warum soll aus einem morschen Kahn nicht eines Tages ein Fischkutter werden?
Salvi hüllt sich fröstelnd in die Decke. Das große Schweigen macht ihn müde. Er schließt die Augen und beginnt zu träumen.
Unversehens verwandelt sich Nicolos Kutter in ein weißes Schiff, an dessen Vordersteven „Salvatore Fünf" geschrieben steht.
Die Meergöttin sitzt auf dem Felsen. Ihr Fischleib blinkt in der Sonne. Salvi schließt geblendet die Augen. Die Bucht wird kleiner und entschwindet den Blicken.
Das Schiff fährt über den Ozean. Nicolo steht am Steuer, und Salvi ist der Kapitän. Vor ihnen liegt die Stadt mit Kathedralen, Schlössern, Kinos und Eisdielen. Ein Häusermeer, unübersehbar groß!
„Schwöre, daß du mitten hineinsteuern wirst", befiehlt der Kapitän.
„Ich schwöre es, Salvi Fünf."
Der Junge erwacht. Leise Rufe tönen von Boot zu Boot.
„Aia, Fischer des heiligen Petrus, zieht das Netz ein."
„Aia, Nicolo!"
„Aia Benedetto!"
„Aia Cristoforo!"
„Fischer des heiligen Petrus, zieht das Netz ein."

Es klingt wie ein uraltes Lied. Salvi wirft die Decke von den Schultern. Die Kälte ist ihm bis in die Schenkel gekrochen, doch sie ist vergessen, sobald seine Hände das Netz packen. Enger und enger legen sich die Maschen um die zappelnde Beute und schließen sich um die Fische, die den Lockungen der Lampen gefolgt sind.
Nicolo und Salvi spähen in die Lichtinseln, die sich allmählich näher kommen. Sie sehen: Es ist nicht der reiche Fang, den sie erhofften. Die Rufe von Boot zu Boot werden spärlicher, und die Freude, die aufgeflackert war, erlischt.
Es ist eine Nacht wie hundert andere Nächte. Die Sterne verblassen, der Morgen zieht herauf, und aus dem Meer steigt die Sonne, eine gewaltige glühende Kugel, die bald sengende Strahlen ins Land schleudern wird.
Auf Vorsprüngen und in Schluchten wachsen Oliven- und Apfelsinenbäume, umgeben von blühenden Feigenkakteen. Überall grünt und duftet das Land, doch du siehst es nicht, weil du den Kopf nicht hebst, und du riechst es nicht, weil Holz und Kleidung nach Fischen stinken.
In Kisten verpackt, wartet die magere Beute auf den Kutter des Händlers. Die Preise, die er zahlt, sind niedrig. Der Ertrag aus dem Fischfang reicht nicht aus, um das Leben zu fristen. Salvi wird, nachdem er drei oder vier Stunden geschlafen hat, aufs Feld des Padrone gehen und Unkraut jäten, begleitet von Giulia, der das Bücken leichter fällt, weil sie nur halb so groß wie der Bruder ist.
Ohne zurückzublicken, gehen die Fischer ihren Behausungen zu. Ihre Schritte sind müde. Hinter ihnen

gleißt und funkelt das Meer. Schon spüren sie den sonnenheißen Tag in den Gliedern. Da stimmt Nicolo das Lied vom tapferen Ritter Orlando an, der den bösen Meschino tötete und die schöne Gemma di Fiamma befreite.

Und siehe: die Rücken der Männer straffen sich! Der Gesang macht sie froh. Selbst Benedetto unterdrückt sein „Salvi Eselsohr", das ihm schon auf den Lippen schwebt. Und des Jungen Herz fängt wunderlich zu pochen an. Er spürt das Hämmern bis in die Fingerkuppen, als sei er eine Glocke, in der es tönt und tönt. Nicolo singt. Und die Männer summen die Melodie mit.

Im Tal von Roncevalles stapeln sich die Leichen der erschlagenen Ritter. Orlandos funkelndes Schwert Bajardo hat die Bösewichter besiegt. Mit edlem Anstand küßt er Gemma di Fiamma die Hand, hebt sie auf seinen Rappen und sprengt mit ihr davon.

Nicolos Gesang verstummt. Die Fischer gehen in ihre Hütten. Da und dort zirpt eine Grille im verdorrten Gras. In den Bäumen jubilieren die Vögel. Wahllos verstreut liegen die plumpen Kähne am Strand. Und auf der Landungsbrücke, deren Balken schwarz und brüchig sind, stehen die Fischbehälter.

Salvi lehnt sich an die Zypresse vor der Kirchhofsmauer und kratzt sich mit der Fußsohle die linke Wade. „Orlando, der Edle, dort fand er das Glück", singt und summt es in ihm. „Orlando, der Edle, dort fand er das Glück."

Plötzlich stößt er sich vom Baumstamm ab und rennt Nicolo nach, der durch Gräberreihen nach Hause strebt.

„Warte noch ein Weilchen, Nicolo", bittet er. „Setz

dich. Hier, auf diesen Stein. Der ist glatt wie eine Bank. Setz dich, mein guter Nicolo."
Der Schwager bleibt stehen und gähnt. Wahrhaftig, besser wäre es, sich in der Hütte zu verkriechen. Aber kann er den flehenden Augen des Jungen widerstehen?
„Na schön, Salvi Fünf. Benissimo! Willst du hören, wie der Esel seinen Namen erhielt? Oder soll ich dir das Märchen von der Quelle der Aretusa erzählen?"
Salvi schüttelt den Kopf. Noch immer geistern ihm die Worte durch den Sinn: „Orlando, der Edle, dort fand er das Glück." Wie Nesseln brennen sie ihm unter der Haut.
„Sag mir, Nicolo, wo findet man das Glück?"
Nicolo spitzt die Lippen und pfeift. Mamma mia! Welch eine schwere Frage zu so früher Morgenstunde! Er hebt eine Handvoll Erde auf und läßt sie durch die Finger rinnen.
„Das Glück, Salvi Fisch ...?"
Salvi schnaubt wie ein Fohlen.
„Ich wußte ja, daß du's nicht weißt."
Nicolo runzelt ärgerlich die Stirn.
„Was redest du da für dummes Zeug? Natürlich weiß ich's."
Er zeigt mit weiter Gebärde in die Runde.
„Dort und dort. Überall kannst du es finden."
„Auch in Hunderteier?" fragt der Junge.
„Wo willst du in Hunderteier das Glück finden? Auf dem Friedhof etwa?"
Allmählich erlischt das Morgenrot. Ein bläulicher Schleier hüllt die Berge ein. Die Felsenschatten fallen in die Bucht. Salvis Blick verliert sich am flimmernden Horizont.

„Und in Rom oder Milano?“ fragt er.
„Dort auch nicht.“
Nicolo beugt sich vor und betrachtet seine Hände. Und mit geheimnisvoller Miene sagt er: „Hör zu, Salvi Fünf. Ich will dir's verraten. Du mußt sehr weit fahren, mit dem Schiff und der Eisenbahn. Besser noch ist es, in einen Aeroplan zu steigen. Dann fliegst du nach Amerika oder Rußland. Dort ist es ganz einfach, das Glück zu finden. Du suchst dir irgendeine Arbeit, verdienst viel Geld, und hast du erst einmal Geld, kannst du dir Schuhe und feine Kleider kaufen. So fängt das Glück meistens an. Später kommst du als vornehmer Herr nach Hunderteier zurück und verteilst Tausendlirescheine.“
Salvis abstehende Ohren glühen vor Eifer. Er hat keine Ahnung, wo Amerika oder Rußland liegen; nur eines ist ihm klar: daß sie weit, weit entfernt sind. Und er weiß auch, daß in Rußland blitzende Raketen aufgestiegen sind mit Weltraumfahrern an Bord. Sie erinnerten ihn an Riesen, die vor vielen tausend Jahren, als Hunderteier noch nicht existierte, gewaltige Felsbrocken in die Bucht geschleudert haben.
Nicolo steht auf und klopft sich die Erde ab.
„Was vertrödeln wir die Zeit? Schlafen wir noch ein paar Stunden. Addio, Salvi.“
„Momento, Nicolo. Könnte ich mich nicht in einen Aeroplan schmuggeln und irgendwo verstecken?“
Nicolo schüttelt den Kopf.
„Wie du dir das vorstellst. Die Flugplätze sind streng bewacht. Alle fünf Schritte steht ein Soldat mit einer Maschinenpistole. Selbst wenn du winziger als eine Maus wärst, kämst du nicht durch. Und außerdem ...“

Nicolo macht eine bedeutungsvolle Pause.
„Außerdem brauchst du einen Paß. Das ist überhaupt das Wichtigste. Ohne Paß kommst du noch nicht einmal von Messina nach San Giovanni."
Nicolo geht durchs Friedhofstor, und Salvi trottet ihm tief in Gedanken versunken nach. Steinalte Zypressen werfen lange Schatten über die Grabsteine. Hinter den Sträuchern liegt eine hungrige Katze auf der Lauer.
Salvi zupft Nicolo am Ärmel.
„Du mußt mir noch sagen, wie ich einen Paß bekomme."
„Ein Quälgeist bist du, schlimmer als deine Schwester Maria. Seit Monaten liegt sie mir in den Ohren, sie müsse ein Kleid haben. Nun gut, eines Tages werde ich's ihr kaufen. Und dir stelle ich einen Paß aus, wie du ihn schöner noch nicht gesehen hast."
„Wann, Nicolo?"
„Bei allen Heiligen — heute abend, Salvi."
Nicolo scheucht die Hühner von der Schwelle seiner Hütte und geht hinein. Der Junge aber rennt in frohen Sprüngen die Dorfstraße hinunter.
Bemerkst du nun, welch großes Glück es ist, einen Schwager wie Nicolo zu haben, der in Rom und Mailand gewesen ist, der ganz allein einen Schwertfisch harpuniert hat und sogar, bei allen Heiligen, einen Paß ausstellen wird, wie man ihn schöner noch nicht gesehen hat?
Salvi bleibt vor der Kirche stehen. An den Fußsohlen spürt er die Wärme der Quadersteine. Ihm ist zumute, als nehme er Abschied. Dort liegen auch die Boote am Strand. Ein Windhauch weht den Geruch nach Fisch, Teer und salzigem Meerwasser ins Land.

Du hörst einen Motor tuckern und siehst den Kutter des Händlers um den Felsen steuern. Vor Jahren, als der Sturm das Meer peitschte, ist Salvis Vater in der Bucht ertrunken.
Die Sonne brennt.
Es ist höchste Zeit, schlafen zu gehen, Salvi Fünf.

Der alte Gaspare

Esel schleppen alle Lasten, die man ihnen aufbürdet. Sie laufen nicht weg, weil ihr Eselverstand zu eng ist. Wird ihnen die Last zu schwer, rühren sie sich keinen Schritt von der Stelle, selbst wenn man sie schlägt.
Die Esel, an denen Salvi in der Morgenfrühe vorbeirennt, schleppen Körbe mit Trauben, Gemüse und Obst in die Stadt. Hin und wieder bleibt einer stehen und stößt einen inbrünstigen Schrei aus.
Salvi Fünf hat Hunderteier verlassen. Er trägt Nicolos Paß auf der Brust. Nun braucht er sich vor nichts zu fürchten. Und doch ist ihm ein wenig bang zumute, wenn er zurückschaut und den Ätna nicht mehr sieht.
Während er sich durch das Gewimmel der Esel und Karren schlängelt, fallen ihm Nicolos Ratschläge ein:
,,Denke daran, daß ich dir einen Armeleutepaß gegeben habe. Ich hätte dir auch einen Reicheleutepaß geben können, aber der würde dir nichts nützen. Dazu gehören ein feiner Anzug und eine Brieftasche voll Geld. Der Armeleutepaß dagegen gilt für die, die barfuß gehen und geflickte Hosen tragen. Besseren Leuten und Polizisten darfst du ihn nicht zeigen.

Doch die sind ja zum Glück in der Minderheit."
Salvis Blicke verfolgen die Straße, die sich abwärtssteigend um einen Berg windet und zwischen den Häusern verschwindet. Und er bemerkt, daß von überallher Straßen in die Stadt gehen und sich tausendfach verästeln.
Durch die Wolken fließt Lichtdunst. Berge schließen das Häusermeer ein, ohne ihm Einhalt gebieten zu können. Die weißen Häuser kriechen die Hänge hinauf, und auf dem höchsten Gipfel steht ein runder Turm.
Salvi schaut und schaut. Ein breitästiger Feigenbaum verdeckt den Himmel. Plötzlich hört er durch die Rufe und Schreie der Gemüsekarawane ein feines Tröpfeln. Regen rieselt aus einem Wolkenfächer und benetzt die dürstende Erde.
Salvi legt den Kopf zurück und läßt sich das Gesicht naßregnen.
„Was stehst du hier herum?" fragt eine barsche Stimme.
Salvi schreckt zusammen. Seine Hand tastet die Umrisse des Brustbeutels ab. Neben ihm steht ein bärtiger Mann mit einem grauen Esel.
„Buon giorno, Signore", sagt Salvi und betrachtet das Eselchen, das einen riesigen schwarzen Kasten schleppt.
Der Alte macht ein grimmiges Gesicht. Er trägt eine weite Hose, mit einem Strick um den Leib gebunden, und ein farbenprächtiges Hemd aus gelben und roten Flicken. Seine Füße stecken in piekfeinen Lackschuhen.
„Was starrst du mich so an?" fragt der Alte. „Willst du in die Stadt, dann komm mit mir. Kannst dir beim

alten Gaspare hundert Lire verdienen. Na, hast du Lust, Bürschchen?“
Salvi streichelt den Kopf des Eselchens. Auf dem schwarzen Kasten sitzt eine Blaumeise und singt.
„Gern verdien ich mir hundert Lire.“
„Also abgemacht.“
Der Alte zieht am Zaumzeug und stößt einen anfeuernden Ruf aus. Der Esel setzt sich in Bewegung.
„Was ist in dem schwarzen Kasten, Signore?“
Der Alte mustert Salvi mißtrauisch.
„Hast du so einen Kasten noch nicht gesehn?“
Salvi kann sich nicht erinnern, in Hunderteier etwas Ähnliches gesehen zu haben.
„Bestimmt nicht, Signore“, versichert er.
„Na schön ... Doch warum soll ich's dir lang und breit erklären? Bald siehst du selbst, was für ein Wunderwerk mein Grauer auf seinem zerschundenen Rücken trägt. Ein kleines Stündchen, und wir sind am Ziel.“
Salvi freut sich, einen Begleiter zu haben. Er findet, daß es gar nicht so schwer ist, sich in der Fremde durchzuschlagen. Gestern hat er in der Campagne Zitronen sortiert: die dunkelgrünen links, die lindgrünen in der Mitte und die gelben Früchte rechts. Dafür hat ihm die Bäuerin Essen und ein Nachtquartier im Ziegenstall gegeben.
Der graue Esel reiht sich in die Wagenkolonne ein. Salvi trabt an der hüfthohen Mauer entlang, die die Straße begrenzt. Durch die Eselsbeine erblickt er die weiten Hosen und die Lackschuhe des Alten. Neugierig streicht Salvi über die glatte Fläche des Kastens, der im Takt der steifbeinigen Schritte auf und nieder tanzt.

Ein Wunderwerk, denkt er voller Ehrfurcht. Und möglicherweise ist der alte Gaspare ein Zauberer? Er zieht die Hand zurück und ruft sich Geschichten von Zauberern ins Gedächtnis, die Nicolo ihm erzählt hat. Aber er erinnert sich nicht, von einem Zauberer gehört zu haben, der schwarze Lackschuhe trug.
Da bricht die Sonne durch und verwischt die blaß gewordene Fächerwolke. Für Sekunden hängt ein mit Goldfäden durchwirkter Schleier in der Luft, bis die dürstenden Strahlen ihn aufsaugen.
Auf halber Höhe des Berges, nach einer kühn geschwungenen Kurve, bietet sich Salvi ein wunderbarer Anblick. Er vergißt den Esel mit dem schwarzen Kasten, springt auf die Mauer und sieht, die Hand gegen die Sonne haltend, daß die endlos scheinende Stadt eine Grenze hat. Vor seinen Augen liegt eine Bucht, von gelben Bergen umgeben, tausendmal größer als die Bucht von Hunderteier. Und dort ist die Stadt zu Ende. Dort beginnt das Meer.
Salvi setzt sich in Trab und läuft an der Kolonne vorbei.
„Ich möchte wissen, wo du bleibst", sagt Gaspare. „Dachte schon, du hättest es dir anders überlegt."
„Nein, nein, Signore. Ich habe das Meer gesehn."
Der Alte brummt etwas in sich hinein. Sie kommen in die Stadt. Lastwagen, Straßenbahnen und Autobuse voller Arbeiter rattern an ihnen vorbei. Salvi hält sich dicht neben Gaspare und betrachtet staunend die Plakate.
Ein buntes Bild, das immer wiederkehrt, erregt seine Aufmerksamkeit. Es stellt einen Jungen und ein Mädchen dar, die Blumen in den Händen halten. Salvi hat den Eindruck, als lächelten die beiden ihm freund-

lich zu. Und er fragt den Alten, was die Buchstaben unter dem Bild bedeuten.
Gaspare kneift die Augen zusammen und liest: ,,Glück-liche Kin-der! Kommt zum in-ter-na-ti-o-nalen Fe-sti-val des Kin-des ... Hm. Nichts für dich."
,,Warum nicht, Signore?"
,,Kinder, die barfuß laufen, sind nicht zum Feiern da. So, wir sind angekommen."
Sie halten in einer schläfrigen Straße. Links und rechts stehen gelbe Mietshäuser. Schräg gegenüber liegt ein Hotel inmitten eines parkartigen Gartens. Zwei Palmen beschatten die Seitenfront. Eine Frau stößt die Fensterläden auf. Rufe und Glockengebimmel nähern sich. Und schlagartig setzt ein für Salvis Ohren ungewohntes Lärmen ein, das ihn die glücklichen Kinder auf dem Plakat vergessen läßt.
Milchhändler und Gemüseverkäufer schieben Karren vor sich her und bieten schreiend ihre Ware an. Motorräder rasen mit brüllendem Auspuff durch die Straße, und aus den Fenstern tönt mit überraschender Lautstärke Radiomusik.
Der alte Gaspare nickt zufrieden.
,,Dies ist die rechte Stunde. Frühmorgens haben die Menschen ein offenes Herz. Also gehn wir ans Werk."
Salvi beobachtet die Handgriffe des Alten. Gleich wird sich das Geheimnis des schwarzen Kastens enthüllen. Gaspare holt eine Kurbel aus der Satteltasche und steckt sie in das kreisrunde Loch, das sich in der Mitte des Kastens befindet. Dann fordert er Salvi auf, langsam und gleichmäßig zu drehen.
Der Junge greift zaghaft nach dem Holzgriff der

Kurbel. Und plötzlich erklingt, die Geräusche der Straße übertönend, gewaltige Musik aus dem Bauch des Wunderkastens. Salvi möchte innehalten, muß aber unentwegt weiterdrehen.
Der Alte nickt ihm ermutigend zu und klopft dem Esel, der von einem Zittern geschüttelt wird, die Flanken. Der Graue hebt den Schwanz und läßt ein paar Äpfel aufs Pflaster fallen. Danach wird er ruhig und senkt ergeben den Kopf.
Nachdem Salvi den ersten Schreck überwunden hat, richtet er sich auf und wirft kühne Blicke um sich. Ein ihm bislang fremdes Gefühl von Stolz und Herrscherfreude erfüllt ihn. Und er wünscht sich nichts sehnlicher, als daß jetzt irgendeiner aus Hunderteier daherkäme.
Mit heiterem Lächeln grüßt er die glücklichen Kinder auf dem Plakat. Seht nur, was für großartige Musik ich mache!
Salvi dreht und dreht. Die Töne sind lauter als die Rufe der Straßenhändler. Frauen in Morgenröcken stecken die Köpfe aus den Fenstern und werfen dem alten Gaspare Lirestücke vor die Füße. Mit einem Mal knackst es im Bauch des Wunderkastens. Beängstigende Stille tritt ein, die Gott sei Dank gleich wieder von einer mächtigen Melodie abgelöst wird. Eine schluchzende Männerstimme schallt durch die Straße:

„Mamma son tanto felice
perché ritorno a te ...“

Salvi wischt sich mit dem Hemdsärmel über die Augen. Noch niemals hat eine Melodie so an sein Herz gerührt. Sie geht ihm wahrhaftig durch Mark und Bein. Was sind Nicolos Lieder, was die brausen-

den Orgelklänge in der Kirche dagegen? Und wie sonderbar ist es, daß die Leute achtlos ihres Weges gehen.
Die Sonne steigt höher, und die Lirestücke fallen seltener. Zwischen den Häusern brütet Hitze. Der Junge dreht die Kurbel, bis ihm die Arme erlahmen. Er hat das Programm aus dem Wunderkasten wohl zwanzigmal gehört und überlegt, ob er einfach weglaufen solle. Da fordert ihn der Alte auf, Schluß zu machen.
Salvi schaut sich um, als erblicke er die Straße zum ersten Mal. Sie sind wieder zum Ausgangspunkt zurückgekehrt. Vor dem Hotel parken zwei Autos in der grellen Sonne. Die Gäste halten hinter geschlossenen Fensterläden Mittagsruhe. Und die glücklichen Kinder lächeln dem schweißüberströmten Salvi unentwegt zu.
Gaspare führt den Esel zu einer kleinen Piazza. Er löst den Strick und nimmt mit Salvis Hilfe die schwere Last ab. Der Esel trottet zum Brunnen und säuft aus dem Steintrog, der von einem plätschernden Strahl gespeist wird. Indessen kramt der Alte ein verbeultes Kochgeschirr und ein Essenbündel aus der Satteltasche und schickt Salvi zum Wasserholen.
Im Schatten einer Pinie setzen sie sich ins Gras. Neben ihnen weidet der Esel. Der Alte schneidet Brot und Speck ab und reicht sie dem Jungen. Salvi beißt hungrig hinein. Nach dem Essen zieht sich Gaspare die Schuhe von den Füßen und poliert sie mit einem gelben Lappen.
„Laß dich nicht stören", sagt er zu dem Jungen. „Der liebe Gott hat es so eingerichtet, daß ein alter Mann nicht mehr allzuviel zum Essen braucht . . . Wunderst

du dich über meine Schuhe?"
„Ja, Signore."
„Gefallen sie dir?"
„Sie sind sehr schön."
Salvi kaut mit vollen Backen und betrachtet seine schmutzigen Füße.
„Natürlich hätt ich mir auch einen neuen Hut kaufen können", schwätzt der Alte. „Doch überlege dir, ob es nicht richtiger ist, von unten aufzubauen. Zuerst die Schuhe, dann Hose und Hemd. Ich hab schon zehnmal angefangen. Hatte ich das Geld für die Hose zusammen, waren die Schuhe kaputt. Und ich mußte wieder von vorn anfangen. Der Mensch dreht sich im Kreis, solange es ihm nicht gelingt, den Faden zu zerreißen."
„Welchen Faden, Signore?"
„Der ihn an sein armseliges Leben bindet ... Leg dich ein wenig schlafen. Das verstehst du noch nicht. In drei Stunden beginnt unsere nächste Tour." Der alte Gaspare haucht die piekfeinen Lackschuhe an und fährt mit dem gelben Tuch über die Spitzen.
„Und wann bekomm ich die hundert Lire?" fragt Salvi.
„Welche hundert Lire?"
„Die Sie mir versprochen haben."
„Du bist mir ein ganz Schlauer", knurrt der Alte. „Das Brot und den Speck zählst du wohl nicht? Ißt für drei, das Bürschchen, und verlangt noch hundert Lire. Falls du's nicht wissen solltest: Eine gewöhnliche Pizza kostet schon zweihundert Lire und macht dich nicht einmal satt. Bei mir hast du dich dick und rund gegessen, und nun soll ich dir noch eine Extrabelohnung geben?"

Salvi überlegt. Was der Alte gesagt hat, leuchtet ihm ein: Zerreiße den Faden, der dich an dein armseliges Leben bindet! Er denkt an die Eisdielen und an die lebenden Bilder auf der Leinwand, die er gern sehen möchte.
Der Esel säuft wieder aus dem Brunnentrog. Sein Fell ist grau und abgeschabt. An der Borke des dicken Baumes lehnt der schwarze Musikkasten. Salvis Arme schmerzen, als hätte er den ganzen Tag Steine vom Acker geschleppt.
„Dann zerreiß ich den Faden, Signore. Addio", sagt er.
Und ehe der Alte ihn zurückhalten kann, springt Salvi auf und läuft quer über die Wiese.
„Undankbarer! Dreckskerl!" schreit der Alte.
Er rappelt sich hoch und schüttelt die Fäuste. Aber das nützt nichts. Salvi Fünf hat den Faden zerrissen.
Siehst du, dort trabt er die einsame Straße hinunter. Er wird kleiner und kleiner, und bald erkennst du ihn nur noch als Bleistiftstrich, der gemächlich hin und her pendelt.

Im Palast der lebenden Bilder

Das Pflaster ist so heiß, daß die Fußsohlen brennen. Salvi taucht in ein Gewirr enger Gassen. In seinen Ohren klingen noch die Melodien aus dem schwarzen Kasten. Sie erscheinen ihm jetzt nicht mehr so großartig wie heute morgen. Beim Pfeifen merkt er, daß es kleine, hüpfende Töne sind, angenehm zu hören und nicht sehr aufregend.

Salvi überlegt, ob er richtig gehandelt hat. Er hat fünf Stunden gearbeitet und Brot mit Speck dafür bekommen. Das ist eine klare Rechnung. Jetzt will er die breiten Straßen sehen.
Die Gassen, durch die er läuft, liegen unter der Mittagsglut. Zwischen den Häuserfronten sind Leinen gespannt, an denen Wäsche hängt. Weit und breit ist kein Fleckchen Erde zu sehen, kein grüner Strauch. Salvi fühlt sich eingeengt zwischen den Mauern. Das ganze Viertel scheint ausgestorben. Sogar die Plakate mit den glücklichen Kindern fehlen.
Im Schatten eines Balkons, dicht am Haus, sitzt ein Junge und spielt auf der Mundharmonika. Salvi bleibt neben ihm stehen.
„Ich hab mich verlaufen", sagt er. „Zeig mir, wo die großen Straßen sind." Der Junge hört auf zu spielen. Seine Hand tastet nach Salvis Wade.
„Welche großen Straßen? Die Maqueda? Die Libertà? Oder die Via Roma?"
Salvi tritt einen Schritt zurück.
„Warum faßt du mich an?" fragt er.
„Wenn du zur Maqueda willst, mußt du in diese Richtung gehen."
„Komm ein Stückchen mit", sagt Salvi.
Der Junge schüttelt den Kopf.
„Geh nur allein. Ich find mich nicht zurück. Ich bin blind."
Er führt die Mundharmonika an die Lippen und beginnt wieder zu spielen — eine zarte Grillenmusik, die an den Mauern hochsteigt.
Vor Salvis Füßen liegen zwei faulige Orangen. Zwischen den Steinen versickert ein übelriechendes

Rinnsal. Salvi wirft einen scheuen Blick auf die leeren Augen. Es treibt ihn weg aus dieser elenden Gasse, aber die Melodie hält ihn fest.
Der blinde Junge läßt die Hände in den Schoß sinken.
„Bist du noch da?“ fragt er.
„Ja.“
„Hörst du gern Musik?“
„Sehr gern.“
„Wie hat dir das Lied gefallen?“
„Es ist wunderschön.“
„Wenn ich groß bin, kauft mir mein Vater eine Geige.“
„Wo arbeitet dein Vater?“
„Im Hafen ... Hast du noch ein wenig Zeit?“
„Nein, ich muß weg. Vielleicht sehen wir uns bald wieder.“
„Ich kann ja nicht sehen“, sagt der Junge.
„Ach so, entschuldige“, murmelt Salvi.
Der Junge lächelt. „Geh nur. Ich spiel noch ein bißchen.“
Salvi rennt die abschüssige Gasse hinunter, als hätte er ein schlechtes Gewissen.
Schwer ist es, die breiten Straßen zu finden.
Die Sonne ist tiefer gesunken, und auf dem Pflaster liegen lange Schatten. Salvi steigt eine schmale Treppe empor und sieht die Straße, von der er geträumt hat. Sie strahlt einen ungeheuren Glanz aus, der wie Blitze aus den Schaufenstern zuckt. Mit summenden Motoren fährt eine lange Reihe Autos vorbei. Auch die Plakate mit den glücklichen Kindern sind wieder da und lächeln dem Jungen zu.
Vergessen sind die Gassen, die wenige Schritte hinter ihm liegen; vergessen ist auch der Blinde mit seiner

kläglichen Grillenmusik. Salvi wird an ein Erlebnis erinnert: Vor Jahren war ein Karussell in Hunderteier. Nicolo setzte den Knirps auf ein Holzpferd, und plötzlich begannen sich die Bäume, die Felsen, das Meer und der Kirchturm zu drehen. Man erzählt, der kleine Salvi hätte die Zügel losgelassen und jauchzend die Arme ausgebreitet. Als er abstürzte, lachte er.
Wie damals tanzen die Bilder vor Salvis Augen, und er muß seinen ganzen Willen aufbieten, um sich zurechtzufinden. Schräg gegenüber liegt eine viereckige Piazza mit einem Springbrunnen. Das Wasser versprüht in der Sonne. Rings um den Brunnen haben sich Jünglinge und Jungfrauen aus Marmor versammelt. Im Vordergrund ist eine breite Treppe, die von zwei Steinlöwen bewacht wird.
Salvi entdeckt den Verkehrspolizisten, der mit einer einzigen Armbewegung die Autos anhält. Er rennt auf die andere Straßenseite hinüber, bummelt an den Schaufenstern entlang und betrachtet die Puppen, die so groß wie Menschen sind und herrliche Kleider anhaben.
Er fragt einen Blumenhändler nach dem Palast der lebenden Bilder. Der Bursche scheucht ihn mit ärgerlicher Handbewegung weg.
Schnurgerade zieht sich die Straße durch die Stadt. Salvi sieht keinen Anfang und kein Ende. Er ist müde vom vielen Umherlaufen und sehnt sich nach einem Platz zum Ausruhen. Da erblickt er die glücklichen Kinder. Sie treten aus einer reich verzierten Haustür auf die Straße. Ein Knabe und ein Mädchen. Und das Mädchen hat einen Blumenstrauß in der Hand.
Salvi staunt die beiden mit offenem Mund an. Kein

Zweifel ist möglich, es sind die glücklichen Kinder, die ihm überall von den Plakaten zulächeln. Das Mädchen blinzelt gegen das Licht. Wahrscheinlich ist die Wohnung, die es soeben verlassen hat, kühl und dämmerig gewesen, und die Augen müssen sich erst an die rücksichtslose Sonne gewöhnen.

Es trägt ein weißes Kleidchen, das sich wie eine Wolke um die Hüften bauscht. Salvi kann den Blick nicht wegwenden. Seine Ohren glühen, und sein Herz pocht bis in die Schläfen hinauf.

Der Knabe nimmt des Mädchens Hand und geleitet es über den Fahrdamm. Und ehe Salvi sich besonnen hat, sind sie im Gewühl der Passanten verschwunden. Er befürchtet, sie für immer aus den Augen zu verlieren, und ist ärgerlich, daß er so lange gezögert hat.

Salvi späht in der endlosen Reihe der Fahrzeuge nach einer Lücke. Wie ein Pfeil schießt er quer hindurch. Vor dem Bordstein stößt ihn die Deichsel einer Pferdedroschke in die Rippen. Der Kutscher knallt fluchend mit der Peitsche. Salvi stürzt aufs Pflaster, springt aber sofort wieder auf. Trotz des Schmerzes im Knie rennt er weiter und freut sich, als er das weiße Kleidchen wieder sieht.

Er geht neben dem Knaben und überlegt, was er fragen soll. Er hat so viele Fragen. Mal geht er einen Schritt voraus, mal trabt er einen Schritt hinterher, wie es sich gerade ergibt. Von seinem linken Knie zieht sich ein Blutrinnsal zum Schienbein. Nach einer Weile bemerkt der Knabe den stummen Begleiter. Salvi lächelt.

„Darf ich euch ein Stückchen begleiten?“ fragt er.

Der Knabe blickt geradeaus. Und das Mädchen tut,

als wäre Salvi nicht vorhanden.
„Ich heiße Salvi Fünf und komme aus Hunderteier."
Die glücklichen Kinder antworten nicht.
Salvi wundert sich. Vielleicht hat es einen Streit zwischen ihnen gegeben? Oder der Knabe hat dem Mädchen ein grobes Wort gesagt, wie Salvi es zuweilen bei Giulia getan hat? Wenn es sich so verhält, ist er gern bereit, das Mädchen aufzuheitern.
„Ein Kleidchen hast du an, feiner als Spinnweb. So was hab ich noch nicht gesehn", sagt er.
Und auf das Plakat zeigend, fährt er fort: „In Wirklichkeit gefällst du mir sogar noch besser als auf dem Bild dort."
Das Mädchen schweigt. Ihr Puppengesicht wird keine Spur zugänglicher. Salvi fängt einen Blick des Knaben auf. Er kneift das linke Auge zusammen und sagt: „Hast sie geärgert, was?"
„Verschwinde!" erwidert der Knabe.
Salvis Miene umdüstert sich. Wäre nicht das Mädchen dabeigewesen, hätte er dem Knaben Prügel angedroht. So unterdrückt er den Groll und sagt: „Wenn ich Lust hab, verschwinde ich; wenn nicht, bleibe ich. Oder hast du die Straße für dich gepachtet?"
„Die Straße ist für alle", erwidert der Knabe.
„Na, siehst du!"
Salvi wagt einen Blick auf das Mädchen, räuspert sich und sagt: „Ich könnte jetzt zum Beispiel meine Mundharmonika aus der Tasche holen und ein Liedchen spielen."
„Laß uns in Ruhe", sagt der Knabe.
Da mischt sich das Mädchen ein.
„Ich verstehe nicht, Rudolfo, warum du dich in ein

Gespräch einläßt."
Salvi bleibt stehen. Die glücklichen Kinder gehen weiter. Das weiße Kleidchen wippt über den schlanken Beinen. Salvi starrt auf das Straßenpflaster und bemerkt, daß zwischen seinen Zehen ein paar Grashalme stecken. Er ärgert sich, weil er wie ein Hündchen neben den beiden hergelaufen ist.
Als er den Kopf hebt, fällt sein Blick auf das Plakat mit den glücklichen Kindern. Das Mädchen trägt einen Blumenstrauß in der Hand und lächelt. „Dumme Gans", sagt Salvi.
Er mißt die langen Häuserschatten und weiß, daß bald Abend sein wird. Dort hinten wächst der Berg empor, und die Sonne balanciert auf der Spitze des Aussichtsturms. Salvi findet, daß sie einer riesigen goldgelben Orange gleicht, in die man hineinbeißen könnte, stünde man auf der Bergkuppe oben.
Ziellos läßt er sich zwischen den Spaziergängern treiben. Vorgestern noch war er ein Fischerjunge oder ein Dorfjunge, je nachdem, ob er mit Nicolo zum Fischen hinausfuhr oder auf den Äckern des Padrone Steine suchte. Heute ist er ein Straßenjunge, den man nicht beachtet.
Wo liegt der Unterschied? grübelt Salvi. Und was nützt es, den Faden zu zerreißen, wenn das eine Leben so demütigend wie das andere ist?
Er schaut sich auf der prächtigen Straße nach seinesgleichen um. Ein paar magere Hunde schleichen um die Ecke, und ein geschorener Pudel trippelt neben einer Dame. Am Halsband bimmelt ein silbernes Glöckchen. Es gibt auch Bettler und barfüßige Kinder, doch die verlieren sich zwischen den glücklichen Kindern, die jetzt in großer Zahl dem Palast

der lebenden Bilder zustreben.
Salvi folgt ihnen bis zum Eingang. Während er überlegt, was er tun soll, flammen in dem dunklen Gang Lichter auf und locken ihn hinein. Plötzlich befindet er sich zwischen wohlriechenden Knaben und Mädchen und wird durch eine Tür in den Saal geschoben.
Was er erblickt, ist so überwältigend, daß er sich in eine Ecke verkriecht. Im ersten Moment glaubt er, ins Schloß der Meergöttin geraten zu sein. Ein riesiger Kronleuchter hängt an der Decke. Die Sessel sind aus rotem Samt, und rings um den Saal liegen Zimmerchen mit himmelblauen Wänden. Ein Vorhang verbirgt das Geheimnis der lebenden Bilder.
Salvi greift nach dem linken Ohrläppchen und preßt es zusammen. Wäre nicht das bunte Gewoge der Kinder, er müßte wahrhaftig annehmen, zu träumen. Ein dunkel gekleideter Herr, der mit finsterem Gesicht auf ihn zusteuert, erinnert Salvi daran, daß er nicht hierhergehört.
Kinder, die barfuß laufen, sind nicht zum Feiern da. Doch Salvi hat keine Lust, sich hinauswerfen zu lassen. Sein kleiner zäher Wille wehrt sich. Er schaut sich nach einem Winkel um, in dem er sich verstecken könnte.
Der Herr ist trotz seiner Leibesfülle sehr beweglich. Das runde Gesicht mit dem Bärtchen glüht vor Empörung. Salvi duckt sich vor der Hand, die nach seinem Hemdkragen greift, läuft ein Stück zurück und springt über die Brüstung in eins der himmelblauen Zimmerchen. Dabei macht er eine merkwürdige Entdeckung: An der Wand hängt eine Fahne, die das gleiche Zeichen trägt wie sein Paß.

Salvi hat keine Zeit zum Nachdenken; denn plötzlich erklingt Musik, und im gleichen Moment wird die schmale Tür im Hintergrund geöffnet. Zwei Herren und eine junge Dame treten ein. Sie lächeln und unterhalten sich in einer fremden Sprache.
Die Dame hat silbriges Haar und, wie Salvi trotz seiner Verwirrung bemerkt, leuchtende Augen von einer Färbung wie das Meer an windstillen Vormittagen. Er drückt sich an die Wand. Sicher werden sie ihn gleich hinausweisen.
Da erscheint der zornige Herr in der Tür, ringt nach Atem und entschuldigt sich vielmals.
„Hinaus, du Dreckfink!" Mit hartem Griff packt er den Jungen und stößt ihn zur Tür.
„Momento, Signore", sagt die junge Dame.
Salvi spürt, wie der Griff sich lockert.
„Es ist mir sehr peinlich, Signora. Er hat sich unbefugt eingeschlichen. Im Namen des Festkomitees der glücklichen Kinder..."
Der Herr hüstelt.
„... im Namen des Festkomitees bitte ich Sie tausendmal um Verzeihung. Sagen Sie den Herren Professoren, daß ich den Vorfall sehr bedaure."
Die junge Dame wendet sich an ihre Begleiter und wechselt mit ihnen einige Worte. Plötzlich dröhnt ein tiefer, summender Ton durch den Saal, und gleich darauf geht das Licht aus.
Langsam öffnet sich der Vorhang. Der Stimmenlärm verebbt. Eine tiefe, atemlose Stille greift Salvi ans Herz, so daß er Mühe hat, ein Aufschluchzen zu unterdrücken.
Aus weiter Ferne vernimmt er die Stimme der jungen Dame: „Lassen Sie den Jungen hier, Signore",

merkt, wie sich die Finger von seinem Hals lösen, und hört die Tür zuklappen. „Komm, setz dich."
Eine Hand schiebt ihn zur Wand und drückt ihn auf einen Polstersessel. Die Lichter sind erloschen. Aus der Rückwand des Saals fluten zwei Lichtbahnen zur Leinwand. Salvi vergißt den zornigen Herrn und die Augen der jungen Dame.
Er sieht einen riesengroßen Frosch, der bittere Tränen vergießt, weil ihn der Zauberer Zazaza in diese häßliche Gestalt verwandelt hat. Früher war er ein Prinz, ein Königssohn sogar, und jetzt ist er ein Frosch, der Fliegen fängt. Niemand kann ihn trösten, nicht einmal die Zikaden, die im Gras sitzen und Geige spielen. Es ist sehr traurig.
Salvis Hand streichelt den Samt, der sich wie Katzenfell anfühlt. Eine Jungfrau macht sich auf den Weg, um den Prinzen zu erlösen. Salvi bangt mit dem dicken Frosch, als wäre er sein bester Freund, und verwünscht aus tiefstem Herzen den Zauberer Zazaza.
Wie froh ist er, daß nach mancherlei Gefahren alles gut ausgeht. Der Zauberer wird getötet, der dicke Frosch verwandelt sich in einen Prinzen, und die Zikaden spielen auf ihren Geigen ein lustiges Hochzeitslied.
Die Musik verstummt. Die Lampen glimmen auf. Verwundert starrt Salvi auf die leere Leinwand. Kein Frosch und keine Jungfrau sind zu erblicken. Schwatzend und lachend sitzen die glücklichen Kinder im Saal, und Salvi drückt sich in eine Ecke, damit sie ihn nicht bemerken.
Die junge Dame fragt, wie es ihm gefallen habe. Salvi erwidert, es wäre großartig gewesen, und beobachtet

verstohlen die Professoren, die sich lächelnd unterhalten. Sie sehen weder Nicolo noch Benedetto oder gar dem zornigen Herrn vom Festkomitee ähnlich und müssen aus einem Lande kommen, in dem man weniger heftig miteinander redet als auf Sizilien. Auch erscheinen ihm ihre Gesichter breiter und ruhiger als die Gesichter hierzulande. Und wären sie nicht so gut gekleidet gewesen, hätte er ihnen seinen Paß gezeigt, zumal er das gleiche Zeichen trägt wie das Fähnchen an der Wand.
Salvi erinnert sich, daß Nicolo ihm erzählt hat, in Amerika oder Rußland sei das Glück am leichtesten zu finden. Möglicherweise stammen die Professoren gar aus einem dieser Länder?
Der Ältere, ein Grauhaariger mit buschigen Augenbrauen, fragt Salvi, ob er etwas zu essen wünsche. Er hat italienisch gesprochen, nicht so gut wie die junge Dame, doch deutlich zu verstehen.
„Nein, Signore", erwidert Salvi. „Heute mittag hab ich Brot und Speck gegessen ... Sind Sie aus Amerika?"
Die junge Dame lacht und winkt dem Eisverkäufer. Salvi rutscht auf seinem Sessel hin und her.
„Warum aus Amerika?" fragt der Professor.
„Oder aus Rußland, Signore?"
„Richtig, aus Rußland."
Der Professor schmunzelt und spricht mit seinem Kollegen. Die junge Dame drückt Salvi eine Portion Eis in die Hand.
„Tausend Dank, Signora."
Salvi hat keine Gelegenheit, weitere Fragen zu stellen, denn mit einem Mal dröhnt wieder dieser tiefe, feierliche Ton durch den Raum. Und die Lichter

verlöschen. Zum zweiten Mal erlebt Salvi das Geheimnis der bunten Strahlen, die jetzt kein Märchen, sondern wirkliches Kinderleben auf die Leinwand zaubern.

Auf einer Anhöhe stehen Zelte. Unten schlummert ein stiller See, in dem sich Bäume spiegeln. Da und dort liegen hellblaue Boote am Strand, schlank wie Schwertfische. An der Landebrücke wiegt sich ein Segelschiff. Ein Junge in weißem Hemd bläst auf einer goldenen Trompete. Aus den Zelten kommen Kinder, springen zum Strand hinunter, werfen sich ins Wasser und toben herum.

Salvi seufzt. Es scheint doch wieder ein Märchen zu sein; denn es stellt sich heraus, daß die Boote, Zelte, Musikinstrumente, ja sogar das Segelschiff den Kindern gehören, die den ganzen Tag wandern, segeln, paddeln, angeln oder Schmetterlinge fangen. Abends sitzen sie um ein loderndes Feuer, spielen auf Gitarren und Harmonikas und singen dazu.

Obwohl Salvi die fremden Worte nicht versteht, spürt er in den Melodien, daß die Lieder kühn und weit wie Adlerflug sind.

Er leckt an der Eisstange und läßt sie auf der Zunge zerschmelzen. Nach Vanille und Erdbeeren schmeckt sie. Wie im Traum ziehen die lebenden Bilder vorbei. Und trotzdem ist es kein Märchen; denn was er sieht, sind keine verzauberten Prinzen, sondern echte Kinder.

Es gibt also ein Land, in dem die Kinder so leben, wie er es auf der Leinwand erblickt. Salvis Augen strahlen. Sein Mut wird groß und unwiderstehlich. Übers Meer will er fahren und über Brücken gehen, bis er dieses Land gefunden hat.

LIBERO

Als die Lichter aufflammen und die Kinder sich lärmend von ihren Plätzen erheben, findet sich Salvi wieder in die Wirklichkeit zurück. Die junge Dame betrachtet ihn nachdenklich, als wollte sie fragen: Was machen wir mit dir?

An der Brüstung erscheint der geschäftige Herr vom Festkomitee, wirft einen mißbilligenden Blick auf den Jungen, verbeugt sich und sagt mit einladender Gebärde: ,,Bitte, Signora, wenn Sie so freundlich sein wollen! Die Präsidentin erwartet die Herrschaften.“

Salvi wartet, bis der Herr gegangen ist. Der Saal hat sich inzwischen zur Hälfte geleert.

Voll Dankbarkeit für das Wunderbare, das er erlebt hat, küßt Salvi der jungen Dame die Hand.

,,Bist du aber ein Kavalier“, sagt der grauhaarige Professor.

,,Dank, tausend Dank“, flüstert Salvi und schlüpft durch die schmale Tür ins Freie.

Die Straße ist noch strahlender als am hellen Tag. Nicht einmal der Himmel ist dunkel. Seine Farben reichen vom Violett bis zum durchscheinenden Blau. Über dem Berg steht das Sternbild des Wagens. Salvi wendet ihm den Rücken zu und läuft den Weg zurück, den er gekommen ist, vorbei an Schaufenstern voller Süßigkeiten, Konserven, Fleisch und goldgelben Broten.

Viele Leute promenieren durch die Straße oder sitzen bei Wein und Erfrischungsgetränken in den Caffés. Keiner kümmert sich um Salvi, nur wenn er jemand berührt, schimpfen sie ihn aus. Er schüttelt es ab wie lästige Fliegen und drückt sich in den Schatten der Häuserfronten. Noch schwirren ihm die Erlebnisse

im Palast der lebenden Bilder durch den Kopf.
Vor dem Springbrunnen sitzt ein Mann auf den Stufen. Er zieht an seinem kalten Zigarrenstummel und starrt vor sich hin.
„Signore, wo kann ich schlafen?“ fragt Salvi.
Der Mann schnippt die Zigarre weg.
„Im Bett, wenn du eins hast. Und wenn du keins hast, lauf zur Stazione Centrale und hau dich in die Büsche.“
„Wo ist die Stazione, Signore?“
„Wo die Lokomotiven heulen.“
„Danke, Signore.“

Der blinde Francesco

In Hunderteier schlief Salvi mit seiner Schwester auf dem Strohsack. Wenn Giulia sich im Traum herumwarf, stieß sie ihn in die Rippen. Manchmal erwachte er, sah den Mond im Türrechteck und kuschelte sich zufrieden ins raschelnde Stroh.
Gott zum Gruß, Mond! Solange du scheinst, brauch ich nicht zum Fischen hinaus.
Oder er vernahm ein feines Klirren: Der Wind spielte mit dem Perlenvorhang. Oder er lauschte einem Vogel, der in nächtlicher Einsamkeit den Regen herbeirief.
Singe, Regenpfeifer, die Erde hat Durst!
In der Stadt ist das alles anders. Jeder Pflasterstein ist beleuchtet. Man geht durch rote, grüne und gelbe Lichtflecken — man geht hindurch, ohne auf die Farben zu achten. Kein Perlenvorhang klirrt. Kein Vogel ruft den Regen herbei. Und wenn der Mond am

Himmel steht, so ist er vollkommen überflüssig.
Die Straße mündet ins Bahnhofsgebäude. Von weitem sieht Salvi die Uhr und hört eine Lokomotive heulen. Plötzlich wird er von einer Menschenansammlung aufgehalten. Er vernimmt Worte, die ihn neugierig machen, und zwängt sich zur vordersten Reihe durch.
In einem Torbogen sitzt ein Mann auf der Treppe. Er wiegt ein Kind im Arm und singt.
„Eine Schande!“ sagt eine Frau. „Man müßte es ihm wegnehmen.“
Der Mann hält ihr das Menschenbündel hin. „Da, nimm es!“
Die Frau zieht sich schimpfend zurück.
„Ein Obdachloser“, murmelt es in der Menge.
Das Kind stößt dünne Schreie aus. Sein Kopf ist nicht größer als ein Pfirsich, und das Gesichtchen wirkt sonderbar alt.
„Still, mein Engel“, brummt der Mann. „Gleich bring ich dich ins Himmelbett.“
Er wendet sich an zwei größere Kinder, einen Jungen und ein Mädchen, die auf der obersten Stufe stehen.
„Legt euch schlafen. Mehr hab ich euch nicht zu bieten. Oder nimm deine Mundharmonika, Francesco, und spiel für die Herrschaften.“
„Ich kann jetzt nicht spielen, Vater.“
„Dann laß es!“
Die Leute laufen auseinander, bis auf ein paar ältere Frauen. Salvi bleibt unschlüssig stehen. Aus der gegenüberliegenden Straße kommt ein Auto. Die Scheinwerfer fingern über die Häuserfronten und leuchten in den Torbogen hinein. Für einen Augen-

blick wird die Gruppe vom Licht überflutet, und Salvi erkennt den Jungen.
Es ist der Blinde, der in der Mittagsglut auf der Mundharmonika gespielt hat. Salvi erinnert sich sogar noch an die Melodie und überlegt, wie er dem Jungen helfen könnte. Er verwünscht den alten Gaspare, der ihn um die versprochenen hundert Lire geprellt hat.
Wie schön wäre es, die Tasche voll Geld zu haben. Dann könnte er ein Bündel Scheine herausholen und sie dem blinden Jungen geben: Da, kauf dir eine Geige!
Hupensignale ertönen. Vom Bahnhof kommt ein Polizeiflitzer und stoppt an der Bordsteinkante. Salvi stellt sich in den Hausschatten und beobachtet, wie zwei Polizisten aussteigen, ein Schlanker und ein Untersetzter von gutmütigem Aussehen.
Der Schlanke geht um das Auto herum und öffnet die Klappe. Der Untersetzte steuert auf die Gruppe im Torbogen zu und leuchtet sie mit der Taschenlampe an.
Salvi sieht das kleine, mürrische Gesicht des Kindes an der Schulter des Mannes liegen. Es hat aufgehört zu weinen. Es schläft.
„Wissen Sie nicht, daß es verboten ist, hier zu nächtigen?“ fragt der Polizist. „Wer sind Sie?“
Der Mann steht auf. Er ist etwas größer als der Polizist. Sein Kopf sitzt auf einem dünnen, sehnigen Hals, an dem die Adern hervortreten. Er legt die Handkante an die Lippen und sagt geheimnisvoll: „Kennst du mich nicht, Bruder? Ich bin Cola Pesce. Ganz Sizilien trag ich auf meinem Rücken.“
Der untersetzte Polizist lacht.
„Steig ein, Cola Pesce, und halt es fest, damit wir

nicht ins Wasser fallen." Um den Mund des Mannes spielt ein düsteres Lächeln.

„Sputet euch, Kinder. Die Obrigkeit hat's eilig ... Ich wünsche den Damen und Herren eine angenehme Nacht."

Der gutmütige Polizist führt den Mann zum Auto und schiebt ihn über die heruntergelassene Klappe auf den Pritschenwagen. Auch das Mädchen hebt er hinauf.

Der blinde Junge versteckt sich im Torbogen. Salvi huscht über die Stufen und zupft ihn am Ärmel.

„Komm mit mir", sagt er leise.

„Wer bist du?"

„Ich sag's dir nachher ..."

Der Blinde zögert. Auf seinem Gesicht liegt ein Ausdruck, als lausche er. „Deine Stimme kenn ich", flüstert er.

Geschützt durch die Rücken der Neugierigen, schleichen die Jungen zur Ecke und biegen in die Seitenstraße.

Der Blinde sagt: „Heute mittag hast du mir deinen Namen nicht gesagt."

„Ich heiße Salvi Fünf. Und du?"

„Francesco Rizzo. Wohin führst du mich?"

„Zum Bahnhof. Dort legen wir uns in die Büsche."

„Ein bißchen zu essen hast du wohl nicht zufällig?"

„Nein. Aber ich besorge etwas."

„Laß nur. Wenn ich erst schlafe, spür ich nichts mehr."

Sie hören den Polizeiflitzer und warten, bis sich die Hupensignale im Straßenlärm verlieren.

In der Nähe muß eine Pizzeria sein. Es riecht nach Fisch und gebackenem Teig. Die Nacht ist still ge-

worden. Selbst auf der Hauptstraße ist der Menschenstrom versiegt. Die Schritte und Stimmen sind jetzt weit zu hören.
Die Jungen überqueren die Piazza. Salvi späht nach einem Gebüsch aus. Der Vorplatz des Bahnhofs ist erleuchtet. Nirgends ist ein Stück Grün zu sehen, außer zwei blühenden Magnolien vor einem Seitengebäude. Salvi spürt, daß die Pflastersteine noch warm sind. Solange der drückende Scirocco über Sizilien streicht, macht es nichts aus, im Freien zu schlafen.
Auf dem Kutscherbock einer Droschke liegt eine Zeitung. Salvi nimmt sie mit. Der Kutscher sitzt mit der Peitsche zwischen den Knien auf dem Bordstein und schläft.
„Ich weiß nicht, wo wir uns hinlegen sollen", sagt Salvi.
„Such irgendeinen stillen Platz. Hauptsache, die Polizisten stöbern uns nicht auf."
Sie klettern über einen Drahtzaun, laufen zwischen rostigen Schienen und kriechen unter eine mit Unkraut überwucherte Verladerampe. Salvi trampelt die Brennesseln nieder und breitet die Zeitung aus.
„Hier findet uns keiner", sagt er.
„Ja, hier ist es schön. Schade, daß ich meine Mundharmonika nicht bei mir habe."
„Wo ist sie denn?"
„Ich hab sie Ernesto gegeben. Das ist mein Onkel. Er will versuchen, sie umzutauschen gegen eine größere, mit Trichter . . . Bist du müde?"
„Überhaupt nicht. Mir jucken die Beine." Salvi schlingt die Arme ums Knie. Zwischen einem Netz von Drähten blinken zahllose Lichtpünktchen. Es

riecht nach Rauch und Ruß. Dem Trillern der Signalpfeifen folgt das Gegeneinanderprallen eiserner Puffer. Dampfwolken zischen steil in die Luft, und von Zeit zu Zeit tutet eine Lokomotive.
Die Geräusche vereinen sich in Salvi zu einem vielstimmigen Gesang, der ihn unruhig macht. In schnellem Wechsel fliegen die Bilder des vergangenen Tages vorüber, und er findet nichts, was ihn an die Stadt bindet, außer dem blinden Jungen.
Weshalb hab ich mir diese Last aufgebürdet? denkt er.
Ein Zug gleitet aus dem Bahnhof. Salvi blickt sehnsüchtig den erleuchteten Fenstern nach.
Wohin fährt er? Nach Messina? Nach Rom? Oder in irgendeine andere Stadt?
Wär ich allein, würde ich noch diese Nacht wegfahren!
Das Zeitungspapier raschelt. Als hätte er Salvis Gedanken erraten, fragt Francesco: „Warum plagst du dich eigentlich mit mir ab?"
„Die Polizisten sollten dich nicht kriegen."
„Ach, mir passiert nicht viel. Einem Blinden hilft jeder. Der dicke Polizist hätte mir vielleicht sogar Abendbrot gegeben."
„Woher weißt du, daß er dick ist?"
„Ich merke es an der Stimme. Auch ob jemand gut oder schlecht ist, merke ich."
Salvi wirft Francesco einen mißtrauischen Blick zu.
„So ...? Wie bin ich denn?"
„Du bist gut."
Salvi lacht verlegen.
„Das sagst du bloß so ... Habt ihr eigentlich keine Wohnung?"

„Der Wirt hat uns auf die Straße gesetzt."
„Und wo ist deine Mutter?"
„Kellnerin in Catania. Morgen holt sie das Kleine und Giovanna. Ich bleib bei meinem Vater. Er kriegt bald Arbeit. Aus Amerika soll 'ne Menge Schiffe einlaufen."
Salvi legt sich zurück und grübelt. Die Stadt ist anders, als er sie sich vorgestellt hat. Er hätte nicht geglaubt, daß man zwischen den vielen Menschen so verlassen sein kann.
In der Umgebung von Hunderteier hat er die Natureinsamkeit kennengelernt, die groß und still gewesen ist. Manchmal hat er sich vor Zauberern und einäugigen Riesen gefürchtet. Oder er hat am Eingang einer Höhle auf der Lauer gelegen, um den Zwergkönig zu fangen, und ist vor einem Rascheln entsetzt davongerannt. Sobald er jedoch die Kirchturmspitze von Hunderteier gesehen hat, war die Furcht wie weggeblasen. Der Einsamkeit dieser Stadt dagegen kann man nicht entfliehen, weder im Torbogen noch unter der Verladerampe.
„Jetzt hör ich ihn nicht mehr", sagt Francesco.
„Wen?"
„Den Zug, der abgefahren ist."
Salvis Magen knurrt. Er steht auf und tappt durch die Brennesseln ins Freie.
„Was machst du?"
Salvi atmet die nach Rauch und Metall schmeckende Luft, in die sich ein eigentümlicher Geruch nach verbrannter Erde mischt.
„Du hast doch Hunger."
„Ja."
„Der dicke Polizist hätte dir bestimmt kein Abend-

brot gegeben, aber ich — ich geh jetzt los und hol dir was."
„Bleib lieber, sonst erwischen sie dich. Mir macht es nichts aus, wenn ich mal hungere."
„Mich erwischen sie nicht."
Francesco richtet sich auf und kriecht bis zum Rand des Betondachs. Salvi blickt in die blinden Augen.
„Kommst du wieder?" fragt Francesco.
„Denkst du, ich laß dich im Stich?"
Salvi tänzelt mit gekrümmten Fußsohlen über die spitzen Schottersteine. Er entdeckt einen Pfad, der zu einem vergitterten Tor führt, merkt sich die Richtung und klettert hinüber.
Eine Lastwagenkolonne holpert über die zerfahrene Straße. Scheinwerferlicht streift den Jungen. Er bleibt hinter einem Baum stehen und wartet, bis die roten Lichter des letzten Wagens verschwinden.
Es treibt ihn zum Bahnhof. Er überlegt, ob er einen Taxifahrer oder einen Droschkenkutscher um Brot bitten soll. Er hat noch nie jemand um Brot gebeten und kann sich nicht vorstellen, was für eine Antwort er bekommen wird.
Als er um die Ecke biegt, hört er aus dem Keller des Seitengebäudes ein donnerndes Geräusch. Neugierig schleicht er sich heran. An den Stämmen der Magnolien lehnen Fahrräder; und auf dem Pflaster sitzen Männer und spielen Karten.
Salvi wirft einen Blick durch die Fenster. Er sieht die Walzen einer riesigen Maschine, die sich in rasendem Tempo drehen. Hinter einem Tisch stehen zwei Frauen und greifen nach Zeitungsbündeln, die über ein endloses Band aus dem Maschinenrachen kommen.

Da packt ihn jemand und zieht ihn vom Fenster weg unter die Lampe.
,,Was treibst du dich hier herum?"
Salvi blickt in das zornige Gesicht eines Mannes. Noch betäubt vom Lärm der Maschine, weiß er nicht, was er tun soll.
,,Hast du's auf unsere Fahrräder abgesehn?" fragt der Mann.
Salvi schüttelt den Kopf.
,,Dann erklär mir, weshalb du hier herumlungerst."
,,Ich such ein bißchen was zu essen, Signore, für Francesco und mich."
,,Wer ist Francesco? Kann er nicht selbst kommen, wenn er Hunger hat?"
,,Er ist blind, Signore."
Zwei Polizisten nähern sich. Sie bleiben neben den Spielern stehen. Der Mann bugsiert Salvi ins Dunkle.
,,Schwindelst du auch nicht?"
,,Bestimmt nicht, Signore."
Salvi erinnert sich seines Armeleutepasses, den Nicolo ihm gegeben hat. Wäre das nicht die beste Gelegenheit, ihn auszuprobieren? Zwar geht der Mann nicht barfuß und trägt keine geflickte Hose, zählt aber auch nicht zu den besseren Leuten, die sich um diese Zeit wahrscheinlich im Bett befinden oder ein Fest feiern.
,,Gestern nacht hat man hier ein Fahrrad gestohlen", sagt der Mann. ,,Soll ich dich den Polypen übergeben oder nicht?"
,,Den Polypen ...? Die schwimmen doch im Meer, Signore.
,,Willst du mich auf den Arm nehmen?"

Salvi nestelt den Brustbeutel aus dem Hemd und holt den Paß hervor.
„Bitte, Signore."
Der Mann hält ihn dicht vor die Augen.
„Was ist das?" fragt er.
„Mein Paß, Signore."
„Und woher hast du den?"
„Von Nicolo."
Der Mann lächelt. Um seine Augen bildet sich ein Netz scharfgezeichneter Linien, und in die Wangen kerben sich zwei senkrechte Falten ein, so daß sein Gesicht dem aus Holz geschnitzten Ritter Orlando ähnelt, den Salvi im Marionettentheater bewundert hat.
„Nicolo ist der beste Fischer von Hunderteier, Signore. Und singen kann er, daß man weint und lacht."
„Scheint ein lustiger Bursche zu sein ... Aber das Zeichen, das er dir auf dein Papierchen gemalt hat, ist goldrichtig. Achte darauf, daß du denen da nicht in die Hände fällst." Er deutet auf die Polizisten. „Die könnten es falsch verstehen. Jetzt mach, daß du wegkommst! Auf dem Rückweg holst du dir was zu essen ab, verstanden?"
„Ja, Signore."
„Worauf wartest du noch?"
„Stimmt es, daß die Polizisten Polypen heißen?"
„Natürlich! Paß auf, daß sie dir nicht eines Tages das Blut aussaugen. Lauf jetzt."
Salvi springt aus dem Lichthof der Lampe und rennt zum Bahnhof.
Polypen heißen sie, denkt er, gut, daß ich es weiß! Ein wenig seltsam klingt das: Buon giorno, Signor

Polyp. Doch bevor ich mir das Blut aussaugen lasse, geh ich ihnen lieber aus dem Weg.
Die Polypen setzen ihren Rundgang fort. Sie drehen Salvi den Rücken zu und schlendern die Straße hinunter.
Vor dem Bahnhof wartet eine Anzahl Droschken. Die Kutscher sitzen verschlafen auf den Böcken oder lehnen wie Bildsäulen an der Wand. Ihre schwarzen Zylinderhüte verleihen ihnen ein würdiges Aussehen. Salvi wagt nicht, sie anzureden.
Allmählich belebt sich die Straße. Autos und Taxis fahren vor. Die Chauffeure reißen die Türen auf und helfen den Fahrgästen beim Aussteigen.
Salvi folgt den Leuten in die Bahnhofshalle. Er hat den Eindruck, als betrete er eine Kirche ohne Heiligenbilder. Über ihm wölbt sich eine Glaskuppel, unter der die Schritte und Stimmen verhallen. Ein Caffè schiebt sich in die Vorhalle. Auf den Stühlen sitzen ein paar zeitunglesende Herren. Die Kellner stehen wachsam neben den Blumenkästen.
Beim Vorbeiflitzen sieht Salvi die Kaffeemaschine hinter den Glasscheiben. An der Kasse sitzt eine junge Frau mit rotgemalten Lippen. Unter dem grellen Neonlicht tritt jede Einzelheit hervor. Salvi wagt es nicht, einen der Herren um Essen zu bitten oder gar in das Caffè zu gehen, obwohl dort die leckersten Sachen auf den Tischen stehen. Er stellt sich in eine dunkle Ecke und malt sich aus, was für ein Riesenpaket Brot, Würste, Kuchen und Schokolade er sich einpacken ließe, wenn er Geld hätte. Je länger er auf die Speisen starrt, um so stärker spürt er den Hunger. Und je stärker er den Hunger spürt, um so bescheidener werden seine Ansprüche. Was er

hinter den Glasscheiben sieht, ist unerreichbar für ihn. Aufmerksam späht er umher und beschließt, mit den Gepäckträgern auf den Bahnsteig zu gehen.
Wie überall in der Stadt findet Salvi auch hier die Plakate mit den glücklichen Kindern. Sie hängen zwischen Reklameschildern mit riesigen Zahnpastatuben, Weinflaschen, Autoreifen und Frauenköpfen. Selbst in der Nacht bemerkt er ihr falsches Lächeln; es ist ihm so zuwider geworden, daß er ausspucken muß. Er pirscht sich an einen Gepäckträger heran, der abseits von den anderen wartet.
„Bitte, Signore, haben Sie ein Stück Brot übrig?"
Der Gepäckträger, ein junger, kräftiger Bursche, schüttelt den Kopf.
„Ach, ihr hungrigen Plagegeister! In fünf Minuten kommt der Zug aus Milano. Steh mir nicht im Weg herum."
„Der Zug aus Milano?" fragt Salvi. „Und wann fährt er wieder zurück?"
„Morgen früh um sechs."
„Danke, Signore, danke."
Salvi macht einen Sprung und vergißt beinahe, daß er hungrig ist. Er schaut auf die Uhr. Der schwarze Zeiger ruckt gerade auf die Zwölf.
Nach Milano! Morgen früh um sechs! Nach Milano!
So schnell ihn seine Füße tragen, läuft er durch die Halle, rennt gegen eine gepuderte Signorina, schlägt einen Haken und entwischt durch die Pendeltür.
Nach Milano! Nach Milano!
Im Takt der Schritte murmelt er die Wörter vor sich hin. Atemlos langt er schließlich bei den Magnolien an. Der Maschinenlärm ist verstummt, und der Platz unter der Lampe ist leer. Die Kartenspieler drängen

sich vor den Fenstern der Druckerei, aus denen Zeitungspakete aufs Pflaster fliegen. Ganze Türme laden sie auf die Gepäckträger ihrer Fahrräder und binden sie mit Stricken oder Lederriemen fest.
Salvi schlängelt sich durch das lachende und schreiende Gewühl, bis er den Mann gefunden hat, der dem edlen Orlando ähnelt.
„Da bin ich, Signore."
„So, da bist du. Schnell, hilf mir! Wer zuerst kommt, macht das beste Geschäft."
Salvi hält den Zeitungsturm im Gleichgewicht. Nach einer Weile streckt der Mann den Rücken gerade, greift in die Satteltasche und drückt dem Jungen eine Tüte in die Hand.
„Verschwinde! Bald kommen die Polypen zurück."
Noch ehe Salvi danke schön sagen kann, schwingt der Mann sich aufs Fahrrad.
„Attenzione! Attenzione!" schreit er und radelt durch die nach beiden Seiten zurückweichende Menschenwoge. Salvi preßt die Tüte an die Brust und trabt zur Ecke. Auf der verlassenen Straße verschnauft er ein wenig. Er öffnet die Tüte und schaut hinein. Sie enthält ein großes Stück Brot, Fleisch und Tomaten. Er bohrt den Zeigefinger ins Brot, holt ein Kügelchen heraus und steckt es in den Mund.
Salvi ist nicht zum erstenmal in seinem Leben hungrig und kann der Gier widerstehen. Hat er nicht heute mittag erst Brot und Speck gehabt? Und nicht zu vergessen die in Silberpapier gewickelte Eisstange. Was ihm Sorge macht, ist nicht der hungrige Magen. Käme es darauf an, hielte er es einige Tage aus. Wie aber soll er dem blinden Jungen beibringen, daß er ihn

verlassen muß?
Seine Schritte werden langsamer. Vor dem Tor bleibt er stehen. Überall sieht er Lichtpünktchen schwimmen: Am Himmel die Sterne und in den Straßen die Lampen, zitternd wie Kerzen im Luftzug. Und er hat das unbehagliche Gefühl, als blinzelten ihn Augen an.
Eine Stimme raunt: Was geht dich der Blinde an? Laß ihn doch liegen. Wer den Faden zerreißen will, darf sich nicht mit anderen abplagen.
Vor seinen Füßen huscht eine Ratte über den Weg. Er bückt sich nach einem Stein und läßt ihn fallen, als hätte er keine Kraft, ihn zu halten. Die Straße hat etwas Lauerndes. Salvi blickt sich um und spürt, daß das Lauernde in ihm selbst ist. Er versucht an Milano zu denken, doch der Wortzauber, der seine Schritte beflügelte, kehrt nicht wieder.
Er nimmt die Tüte zwischen die Zähne und klettert übers Tor. Die Glaskuppel der Bahnhofshalle schwebt wie ein merkwürdiges Schiff durch die Nacht.
Francesco schläft. In Salvi blitzt der Gedanke auf, die Tüte hinzulegen und heimlich wegzugehen. Da bewegt sich Francesco.
„Du bist lange geblieben", sagt er.
„Dafür bring ich dir auch was Feines mit."
Salvi kriecht unter die Rampe und gibt Francesco die Tüte.
„Sei vorsichtig, damit du die Tomaten nicht zerdrückst."
„Woher hast du sie?"
„Von einem Zeitungsfahrer."
„Ich wußte, daß du wiederkommst." Francescos

Finger tasten über Salvis Gesicht. „Ja, ich wußte es. Jetzt weiß ich auch, wie du aussiehst."
„Es ist alles für dich", sagt Salvi heiser.
Francesco lacht leise und glücklich.
„Du bist ein Freund, auf den man sich verlassen kann. So ein großes Stück Brot! Und Fleisch, und Tomaten ... Ich konnte vor Hunger nicht einschlafen, und — nimm mir's nicht übel — einmal hab ich gedacht: Der kommt nicht wieder. Ein einziges Mal nur ... Du bist mir doch nicht böse, nicht wahr? Brich das Brot durch, Salvi!"
„Nimm alles."
„Wo denkst du hin? Jeder bekommt die Hälfte."
„Ich hab schon gegessen."
„Wirklich?"
„Na, wenn ich's dir sage."
Francesco leert die Tüte aus und streicht sie glatt. Sorgfältig legt er die Speisen vor sich hin. Man merkt, er ist gewohnt, aus einem unerwarteten Mahl ein Fest zu machen. Er steckt sich ein Stück Brot in den Mund, beißt von dem gebratenen Fleisch ab, nimmt eine Tomate und betastet die glatte Schale. Er kaut und schmatzt und schweigt. Sein Gesicht hat wieder diesen still lauschenden Ausdruck.
Salvi sitzt in der äußersten Ecke und beobachtet, wie Francesco ein Stück Brot nach dem anderen abbricht und die Tomate an den Mund führt. Bevor er hineinbeißt, fährt er ein paarmal mit der Zunge darüber. Dann saugt er den Saft aus.
Salvi schluckt den Speichel hinunter. Ein böses, haßvolles Gefühl lodert auf: Iß, du Dummkopf! Stopf dir den Wanst voll ... Sobald du schläfst, verschwinde ich ... Nach Milano, verstehst du? Daß

mein Magen knurrt, hörst du wohl nicht, was?
„Wie im Himmel ist das", sagt Francesco. „Ich hab dir etwas übriggelassen, Salvi."
„Ich esse nichts."
„Nimm nur."
„Ich will nicht."
„Bist du mir böse?"
„Quatsch!"
„Ich steck dir's in die Tüte."
Die Jungen legen sich schlafen. Sobald sie sich bewegen, knistert das Zeitungspapier. Doch sie hören es nicht mehr.
Ein fernes Brausen weckt Salvi. Er richtet sich auf und lauscht der Melodie des frühen Morgens, die aus vielen Geräuschen zusammenklingt. Hastig steckt er die Tüte in die Tasche und kriecht aus dem Versteck.
Einem Blinden hilft jeder, denkt er. Irgendeiner wird ihn schon finden.
Er rennt über rostige Schienen und Weichen. Signalpfeifen trillern, und Puffer schlagen gegeneinander. Auf der Straße verschlingt er Brot und Fleisch und beißt in die Tomate, daß der Saft nach allen Seiten spritzt.
Nach Milano! Nach Milano!
Salvi geht mit den Reisenden auf den Bahnsteig und erwartet den Zug, der langsam hineingeschoben wird. Er erklimmt eine steile Treppe und versteckt sich in einem leeren Abteil unter der Bank.
Der Himmel gleicht einer Feuersbrunst, und die Glaskuppel scheint aus rötlichem Kupfer, als der Zug den Bahnhof verläßt.

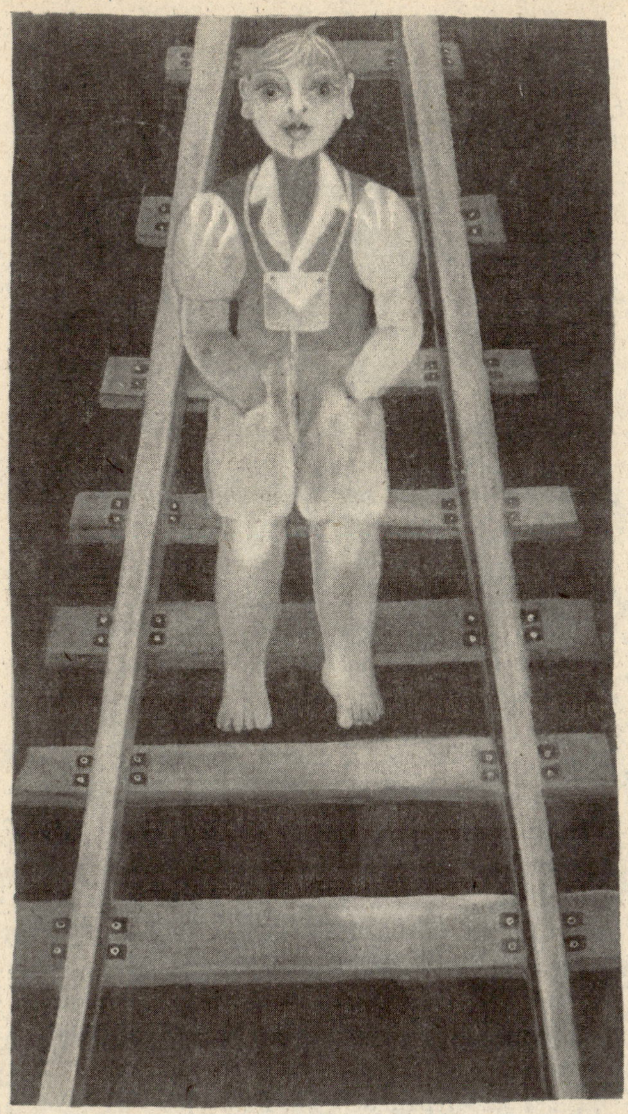

Blendwerk der Hölle

Salvi spürt das Zittern des Wagens in allen Gliedern. Was ihm gestern nacht wie müheloses Gleiten erschienen war, bedarf in Wirklichkeit gewaltiger Kraft. Er hat ein Gefühl, als würde der Boden unter ihm weggerissen. Haltsuchend preßt er sich an die Rückwand, bis er merkt, daß er sich ungehindert bewegen kann.

Vor Salvis Augen sitzt ein Herr in schwarzen Hosen, der eine angenehme Stimme hat. Neben den Schnürstiefeln des Herrn schweben zwei zierliche Damenschuhe, die Salvi an Singvögel erinnern.

Auf der Bank gegenüber sitzt eine Signora in Trauerkleidung. Sie bittet Hochwürden, das Fenster zu schließen, da der Luftzug ihren Schleier zerzause. Hochwürdens Schnürstiefel treten ans Fenster. Er dreht die Scheibe hoch und setzt sich wieder.

Die Signora fragt, ob Hochwürden nach Milano reise. Nein, er steige in Rom aus, um für das Leben des Heiligen Vaters zu beten.

Salvi lauscht den Taktschlägen der Räder und beobachtet das aufgeregte Spiel der Sonnenkringel. Das monotone Geräusch macht ihn schläfrig. Er verliert das Gefühl für die Zeit und weiß nicht mehr, wie lange er unter der Bank liegt — eine Stunde oder einen ganzen Tag?

Seine Gedanken irren zu Francesco. Und er hört ihn sagen: Ich wußte, daß du wiederkommst!

Salvi hat gelernt, daß ein Fischer dem anderen hilft. Und ist der andere in Not, setzt er sein Leben für ihn ein.

Er aber hat den Blinden im Stich gelassen!

Mit Schrecken stellt er sich Francescos Erwachen vor: Die Morgensonne weckt den Blinden. Er tastet nach Salvis Lager und merkt, daß es leer ist. Der Freund, dem er vertraut hat, ist verschwunden.
Francesco schreitet mit vorgestreckten Händen zwischen den Schienen. Trotz des Sonnenscheins ist finstere Nacht für ihn, und er ahnt nichts von der drohenden Gefahr. Gleich einem feurigen Drachen stößt eine Lokomotive auf ihn zu. Die eisernen Räder packen ihn und werfen ihn nieder . . .
Unsinn! denkt Salvi. Bestimmt hat er den Weg zur Straße gefunden.
Doch das schreckliche Bild geht ihm nicht aus dem Kopf, und er spürt, daß es ihn lange quälen wird.
Salvi erinnert sich an eine Geschichte, die vor zwei Jahren geschah: Seine Mutter hatte ihm aufgetragen, auf die kleine Giulia zu achten. Er hatte, kaum war die Mutter gegangen, seine Angel genommen und war zur Landebrücke gelaufen. Einen ganzen Eimer voll Fische hatte er gefangen, nicht größer als die Finger an seiner Hand, aber quicklebendig.
Als er stolz zurückkam, war die Schwester verschwunden. Nicolo fand sie am nächsten Morgen. Sie hatte sich in einem Gebüsch verkrochen und war eingeschlafen. Ihre Arme bluteten von den Stacheln und Dornen. Nicolo zerbrach die Angelrute, legte Salvi übers Knie und verdrosch ihn lange und gründlich.
Heute ist niemand da, der ihn verprügelt. Aber das ist fast noch schlimmer. Ein heftiger Schmerz läßt Salvi zusammenzucken. Die Hacken der Schnürstiefel haben ihn auf die Finger getreten. Blitzschnell zieht er seine Hand zurück.

Hochwürdens Sohlen scharren über den Fußboden.
„Mir ist, als hätte ich auf etwas Weiches getreten?"
Er bückt sich und schaut unter die Bank. Im selben Moment huscht die Sonne über Salvis Gesicht.
„Ein Mensch!" ruft Hochwürden und bekreuzigt sich.
Die Signora springt auf. „Ein Mensch? Wie aufregend! Man muß die Notbremse ziehn."
„Beruhigen Sie sich, Signora. Es ist nur ein Junge."
Salvi preßt sich an die Rückwand. Soll er liegenbleiben? Oder soll er freiwillig hervorkommen? Die zierlichen Singvögelschuhe sind in die äußerste Ecke entschwebt. Vielleicht hätte er jetzt Gelegenheit, durch die Tür zu entwischen?
Die Signora hat sich wieder gesetzt. Sie beugt sich zur Seite und wagt einen Blick unter die Bank. Hochwürden läßt sich auf die Knie nieder.
„Sofort kommst du hervor!"
Salvi drückt sich noch fester an die Wand.
„Verstockter Lümmel!" sagt die Signora.
Hochwürden packt Salvis Bein und zerrt ihn aus dem Versteck. Salvi rappelt sich hoch. Seine rechte Hand hängt schlaff herab. Hochwürdens Hacken haben ihm die Finger gequetscht.
Der Zug gleitet an Bäumen, Dächern, Gartenzäunen, Häusern und Felswänden vorbei. Zum Greifen nahe tanzen die schwarzen Linien der Telegrafendrähte auf und nieder. Hinter Zypressen, die schlanken Türmen gleichen, liegt das Meer.
„Sehen Sie nur, Hochwürden, wie schmutzig er ist", sagt die Signora.

Salvi wischt sich mit dem Hemdsärmel übers Gesicht und betrachtet die Signora. Sie hat den Schleier zurückgeschlagen. Ihre Augenbrauen sind wie Schwalbenflügel an die Stirn geklebt, und das weiße Doppelkinn zittert.
„Ich hab im Freien geschlafen", sagt Salvi.
„Entsetzlich", wispert die Signora. „Vielleicht hat er Läuse. Übergeben Sie ihn dem Schaffner, Hochwürden."
Hochwürden räuspert sich.
„Gewiß."
„Läuse hab ich nicht, Signora, sonst hätte ich mir den Kopf mit Asche abgerieben."
Da mischt sich die Signora mit den zierlichen Schuhen ins Gespräch. „Was ist mit deiner Hand? Ist sie verletzt?"
Salvi bewegt die Finger.
„Es ist nicht so schlimm, Signorina ... Bitte, lassen Sie mich laufen. Ich muß nach Milano."
„Aber sie blutet ja."
Die Signorina nimmt Salvis schmutzige Finger und bewegt sie behutsam in den Gelenken.
„Tut es weh?"
„Ein bißchen."
„Die Hand muß sofort verbunden werden. Aber ich hab kein Verbandpäckchen."
Sie wendet sich an den Pfarrer.
„Ich bin Krankenschwester."
Die Signora zieht den Schleier vors Gesicht und lehnt sich ins Polster. Salvi schöpft Hoffnung. Hochwürden ist jung und eifrig und hat schwarze Augen, die träumerisch auf einen Punkt gerichtet sind. Er schlägt die Soutane zurück und holt ein Verbandpäckchen

aus der Hosentasche.
,,Bitte, Signorina."
,,Oh, danke, Hochwürden."
,,Sie sind gewiß überrascht ... Aber seit meinem Verkehrsunfall trag ich ständig ein Verbandpäckchen bei mir."
,,Ein Verkehrsunfall, Hochwürden?"
,,Ich fahre eine Lambretta. Eines Tages streifte mich ein Auto ... Es hätte schlimm ausgehen können ..."
Die Signorina reißt das Verbandpäckchen auf und verbindet Salvis Hand.
,,Interessant! Auch ich habe eine Lambretta. Darf ich fragen, Hochwürden ..."
Die spitze Stimme der Signora unterbricht das Gespräch: ,,Ich bestehe darauf, daß er dem Schaffner oder der Polizei ausgeliefert wird. Vielleicht ist er ein Dieb."
,,Ich bin kein Dieb, Signora."
Die Krankenschwester flüstert in Salvis Ohr: ,,Laß sie reden."
,,Gewiß", sagt Hochwürden. ,,Zur gegebenen Zeit müssen wir den Schaffner benachrichtigen."
,,Hast du Hunger?" fragt die Krankenschwester.
,,Ja, sehr."
Die Signorina gibt Salvi ihren Reiseproviant.
,,Unerhört", murmelt die Signora.
,,Setz dich. Sie gestatten doch Hochwürden? Seine Hand muß sehr weh tun."
,,Es tut mir leid, Signorina, daß ich den Jungen getreten habe ... Vielleicht erklärst du uns, wie du unter die Bank geraten bist, mein Sohn?"
Salvi kaut mit vollen Backen.

„Es war niemand im Abteil, Hochwürden, da hab ich mich versteckt."
„Und zu welchem Zweck?"
„Ich muß nach Milano. Und weil ich kein Geld hab, bin ich so eingestiegen."
„Hast du Verwandte in Milano?" fragt die Krankenschwester.
„Nein, Signorina."
Ein Wolkenschatten verdeckt die Sonne. Die Berge rücken ans Fenster, öffnen sich zu einer grünen Schlucht und gewähren Ausblick auf einen Badestrand mit Sonnenschirmen, Ruderbooten und einem Gewimmel durcheinanderlaufender Menschen.
Der Zug fährt durch eine kleine Station. Auf dem Bahnsteig stehen zwei barfüßige Jungen und winken. Eine Klingel schrillt über der Bahnhofstür.
„Du hast also Vater und Mutter verlassen", sagt Hochwürden streng. „Der Herr wird dich strafen, so du nicht bereust und sofort zurückkehrst in dein Vaterhaus."
Salvi erschrickt. Nach Hunderteier soll er zurück? Ist das schon die Strafe für seinen Verrat an Francesco?
„Warum antwortest du nicht?"
„Er hat den Mund voll Brot", meint die Krankenschwester.
„Ein verstockter Sünder", tönt es aus Signoras Ecke.
Salvi schlingt das Brot hinunter. Er erinnert sich an seinen Paß . . . Was sagte doch der Zeitungsfahrer? Das Zeichen ist goldrichtig. Nur den Polypen darfst du es nicht zeigen, die könnten es falsch verstehen.

Aber Hochwürden ist ja kein Polyp, sondern ein junger Mann mit festen Schnürstiefeln und einer Lambretta, die von einem Auto gestreift worden ist...
,,Ich will nach Amerika. Oder nach Rußland, Hochwürden. Wenn ich viel Geld hab, komm ich nach Hunderteier zurück und baue ein Haus neben der Kirche. Dort wohnt es sich am schönsten.''
Die Signora schlägt den Schleier zurück. Ihr weißes Doppelkinn zittert vor Empörung.
,,Und deine Mutter, die dich in Schmerzen geboren hat, die hast du vergessen, du Lümmel.''
,,Nein, Signora. Das Haus ist für Mamma. Giulia bring ich schöne Kleider mit, und Nicolo kauf ich einen Fischkutter ... Bitte, Hochwürden, hier ist mein Paß.''
Der Pfarrer nimmt Salvis Papierchen. Er sieht das Zeichen und läßt es, als verbrenne es ihm die Haut, zu Boden flattern. In der Mitte des Abteils bleibt es liegen.
,,Unseliger, woher hast du dieses Blendwerk der Hölle?''
Er streckt die gespreizte Hand aus und spricht mit tönender Stimme: ,,Und begebe dich in die Hut des Herrn, deines Gottes, daß du wandelst in seinen Wegen und haltest seine Sitten, Gebote und Rechte und Zeugnisse, wie geschrieben stehet, auf daß du klug seiest in allem, das du tust und wo du dich hinwendest. Amen!''
,,Amen'', flüstert die Signora.
Blendwerk der Hölle? denkt Salvi verwundert. Das kann nicht möglich sein. Nicolo ist ein gottesfürchtiger Mensch, der vor jeder Ausfahrt in die Kirche

geht und den heiligen Petrus oder den heiligen Pancrazio um einen reichen Fang bittet. Neulich erst hat er eine dicke Kerze geopfert, fast ein Kilo schwer. Sie war nicht ganz neu, doch was schadet das? Gott wird schon gewußt haben, woher Nicolo sie geholt hat. Jedenfalls brannte sie tagelang vor der heiligen Maria, und der Fischfang war in den Nächten ergiebiger als gewöhnlich.

„Verzeihung, Hochwürden, es ist nur ein Armeleutepaß", sagt Salvi.

„Unseliger Knabe! Hinweg mit dem Blendwerk der Hölle! Heb es auf und vernichte es!"

Salvi wird bleich. Er bückt sich und steckt den Paß ins Hemd.

„Gib es heraus!"

Salvis Hand verkrampft sich. „Nein, Hochwürden."

„Was...? Du bist ungehorsam gegenüber einem Diener des Herrn?"

„Ich behalt ihn, Hochwürden."

„Unerhört!" ruft die Signora.

Hochwürden packt Salvis Arm, doch Salvi macht sich frei und weicht zur Tür zurück.

„Warum soll er ihn nicht behalten?" fragt die Krankenschwester. „Er ist sein Eigentum."

„Tss-tss-tss", zischt die Signora.

„Haben Sie das verruchte Zeichen nicht gesehen?" fragt Hochwürden erregt.

„Doch, Hochwürden. Aber wenn Sie gestatten — mir gefällt dieses Zeichen sehr gut."

Betroffenes Schweigen. Die Signorina lehnt sich zurück und blättert in einer Zeitschrift. Signoras Lippen erstarren, und Hochwürden richtet sich

kerzengerade auf.
Der Zug fährt durch eine Kurve. Salvi sieht die Lokomotive mit den ersten Wagen. Er könnte die Tür öffnen und ausreißen. Aber der Signorina zuliebe bleibt er.
„Hinaus! Hinaus mit ihm . . ! Ins Gefängnis gehört er, zu seinesgleichen ... Ich bitte Sie, Hochwürden, befreien Sie mich von seinem Anblick."
Der Pfarrer erhebt sich.
„Sofort übergebe ich ihn dem Zugpersonal."
„Bemühen Sie sich nicht, Hochwürden", sagt die Signorina. „Ich werde ihn selbst zum Schaffner bringen."
Ohne eine Antwort abzuwarten, öffnet sie die Tür und schiebt Salvi hinaus.
„Wie heißt du eigentlich?" fragt sie.
„Salvi Fünf."
Die Signorina lacht.
„Komischer Name. Warum nicht Salvi Sechs, oder Hundert, oder Tausend ...? Salvi Tausend?"
„Bei uns im Dorf nennt man mich Salvi Fisch, weil ich so gut schwimmen kann. Ich bin der Beste."
„So?"
Die Signorina bleibt auf der Plattform stehen. Ihr Gesicht ist plötzlich ernst. Sie wirft den Kopf in den Nacken und schüttelt das Haar auseinander.
„Warum bist du ausgerissen?" fragt sie.
„Weil es in Hunderteier kein Glück gibt."
„In Hunderteier?"
„Dort wohn ich, Signorina."
„Und wo, meinst du, gibt es das Glück?"
„Ich hab einen Film gesehn, von einem Land, wo die Kinder ein Segelschiff, Zelte und goldene Trompeten besitzen. Frühmorgens angelten sie und fuhren mit

Gummibooten über einen See. Und am Nachmittag fingen sie Schlangen im Wald. Ich hab immer Angst gehabt, daß der Padrone sie wegscheucht. Dann hab ich gemerkt, daß der See und die Wälder den Kindern gehören ... Gibt es so ein Land, Signorina, oder hat der Film gelogen?"

Salvi wartet auf Antwort. Er vertraut der Signorina. Was sie sagt, ist bestimmt die Wahrheit, und er hat ein bißchen Angst, daß ihn die Wahrheit enttäuschen könnte.

„Der Film hat nicht gelogen ... Achtung, dort kommt der Schaffner! Geh hier hinein, schnell! Und riegele die Tür ab!"

Salvi findet sich in einer weißen Zelle mit Milchglasscheiben wieder. Er stellt sich auf einen Holzdeckel und lugt durch die Klappe im oberen Teil des Fensters. Der Zug nähert sich einer großen Stadt. Überall sind Häuser, Gärten und eine Menge Reklameschilder. Ob das schon Messina ist?

Salvi sucht den Horizont, der sich hinter den Hügeln verbirgt. Zwischen Messina und San Giovanni soll das Meer so schmal sein, daß man von Sizilien das Festland sieht. Nicolo hat ihm erzählt, der Zug würde auf ein Schiff geschoben und hinübergefahren.

Heilige Mutter Gottes, denkt Salvi, was tu ich, wenn man mich hier findet?

Er steigt hinunter und lauscht an der Tür. Der Schaffner plaudert mit der Signorina. Gleich darauf klopft es. Salvi schnellt zurück und tritt auf den Fußhebel des Porzellanbeckens.

„Die Fahrkarten bitte!"

Wie durch Zauberhand hebt sich der schwere Holzdeckel und fällt, als Salvi den Fuß zurückzieht, mit

lautem Knall wieder zu. Salvi flüchtet sich in eine Ecke. Nach einer Weile ängstlichen Wartens klopft es dreimal an der Tür.
„Komm heraus, schnell!"
Er schiebt den Riegel zurück und öffnet. Die Signorina nimmt seine Hand. Sie hasten durch schmale Gänge bis zum Ende des letzten Wagens.
„In zehn Minuten sind wir da."
„In Messina?"
„Ja!"
„O, mille grazie, Signorina ... Und wie lange dauert es noch bis Milano?"

Die Krankenschwester blickt in einen runden Spiegel und pudert sich Stirn und Wangen.
„Hör zu, Salvi Fünf. Ausreißen hat keinen Zweck ... Hier geb ich dir zweitausend Lire. In Messina steigst du aus und löst dir eine Fahrkarte. Dann fährst du schleunigst nach Haus. Hast du mich verstanden?"
Sie drückt Salvi zwei Tausendlirescheine in die Hand.
„Aber ... Ich muß doch ... ich will doch ... Das Land, Signorina, von dem ich ihnen erzählt habe ..."
„Steck das Geld ein und versprich mir, nach Hause zu fahren." Salvi schweigt und starrt durchs Fenster auf das Schienenpaar, das in der Ferne zusammenläuft. Sie faltet die Geldscheine zusammen und steckt sie ihm in die Tasche.
„Versprichst du es mir?" Er schüttelt unmerklich den Kopf. Plötzlich laufen viele Schienenstränge nebeneinander und dehnen sich über eine breite Fläche aus.
„Träume nicht", sagt sie. „Wer dem Glück nach-

rennt, dem fliegt es davon ... Dort ist schon der Bahnhof. Laß dich von Hochwürden und der schwarzen Signora nicht sehen, sonst krieg ich Ärger. Addio, Salvi Fünf!“

Abschied von Sizilien

Nicolo hat die Wahrheit gesagt: Das Schiff verschluckt den ganzen Zug. Ein Wagen nach dem anderen verschwindet im Schiffsbauch. Die Reisenden stehen an den Fenstern. Sie schweigen, winken, lächeln, reden, kämmen sich, lachen.
Der Wind zerrt an Signoras schwarzem Schleier. Hochwürden hält einen Limonadenbecher in der Hand. Seine Augen sind auf einen Punkt gerichtet, der jenseits der Welt liegt. Möglicherweise erblickt er, als er in das belegte Brötchen beißt, eine Schar Engel auf einer Wolkenwiese? Aber vielleicht reicht sein Blick auch nur bis zum Festland ... Neben Hochwürden steckt die Krankenschwester den Kopf zum Fenster hinaus.
Salvi verbirgt sich hinter einem Signalmast. Hochwürden und die schwarze Signora dürfen ihn nicht sehen, damit die Signorina keinen Ärger bekommt, und die Signorina soll ihn nicht sehen, damit sie nicht enttäuscht ist.
Das Meer ist nicht breiter als ein Strom. Auf dem jenseitigen Ufer liegt der Spielzeugbahnhof von San Giovanni, dahinter sind dunkle Hügel mit aufgeschütteten Wolken. Sehnsüchtig schaut Salvi über die Meerenge. Ob er es wagen könnte, nach der anderen Küste zu schwimmen?

In seiner Tasche knistern die Geldscheine. Zweitausend Lire! Soviel hat er noch nie besessen. Dafür müßte er zwei Wochen auf dem Acker des Padrone arbeiten. Dankbar denkt er an die Krankenschwester. Er hat ihren Wunsch, auf dem Bahnhof auszusteigen, erfüllt, aber nach Hunderteier zurückkehren — nein, das bringt er nicht übers Herz.
Wer dem Glück nachrennt, dem fliegt es davon?
Ach, sie kennt Hunderteier nicht!
Die Schiffssirene heult.
Salvi sieht, wie die Schiffswand geschlossen und die Brücke eingezogen wird.
Die Reisenden rufen zum Kai hinüber und schwenken bunte Tücher. Eine Kapelle spielt. Die Schraube wirbelt öliges Wasser auf. Langsam löst sich das weiße Fährschiff vom Kai.
Addio, Signorina! In Hunderteier gibt es kein Glück. Ich suche es mir anderswo. Und wenn ich's gefunden hab, halte ich's fest.
Das Schiff entfernt sich vom Ufer. Die Meerenge ist doch breiter, als Salvi vermutete. Zwanzig Minuten dauert es, bis das Schiff in San Giovanni anlegt. Es ist nicht möglich, hinüberzuschwimmen. Und es hat auch keinen Sinn, die geschäftigen Motorkähne zu verfolgen, die behäbig durchs Hafenbecken pflügen.
Der Tag ist verloren für Salvi. Während er ziellos durch die Straßen irrt, rollt der Zug an der Küste entlang von San Giovanni nach Milano. Selbst mit dem schnellsten Schiff könnte man ihn nicht mehr einholen.
Salvi meidet die prächtigen Straßen des Stadtzentrums. Am wohlsten fühlt er sich in den Gassen, die

an irgendeinem Punkt in eine Piazza mit einer friedlichen Kirche einmünden. Dort gibt es Blumen und Bäume, in deren Schatten er sich ausruhen kann; dort zwitschern Vögel, und ein Wasserstrahl plätschert in das randvolle Becken.

Gegen Abend, als die Sonne sinkt, gehen die Blumen zu. Die Sonne geht unter, und die Blumen gehen zu. Salvi hat es oft erlebt. Überall, wo Blumen sind, geschieht es, in Hunderteier und auch in Messina. Man denkt nicht darüber nach. Es ist so, und basta!

Salvi legt sich auf einer Anhöhe ins Gras. Zwanzig Schritte unter ihm steht in einem verwilderten Garten ein Haus. Auf der dürren Wiese weidet eine Ziege mit ihren Zicklein. Säuglingswäsche hängt an der Leine: Hemdchen, ein gelber Strampelanzug und Windeln. Eine Frau steht in der Küche und röstet Zwiebeln in Olivenöl.

Salvi sieht sie am Herd hantieren. Die Sonne beleuchtet ihr Gesicht, das im Abendschein weich und mütterlich ist. Irgendwo in der dunklen Ecke weint ein Säugling. Die Töne berühren Salvi wie ein feiner Schmerz, der durch den ganzen Körper zieht. Er ist das Heimweh. Geduldig hat es auf seine Stunde gelauert. In der Dämmerung nun schleicht es sich heran. Erinnerungen werden lebendig, kleine bedeutungslose Geschehnisse.

Er entsinnt sich eines Abends in Hunderteier. Vor der Hütte lag Giulias Säuglingswäsche über dem ausgespannten Netz: Hemdchen, ein gelber Strampelanzug und Windeln. Das Schwesterchen weinte in der Wiege. Mutter nahm es auf den Arm und trat ins Freie. Ihr Gesicht dem Säugling zugeneigt, schimpfte sie, lächelte und summte ein Liedchen. Damals sang sie noch . . .

Salvi wischt sich eine Träne ab und schaut zum Meer, das hinter den Dächern liegt. Der vertraute Anblick verringert das Heimweh. Schon von klein auf empfindet er das Meer als etwas Lebendiges, mit dem man sich unterhalten kann.
Ein urweltlicher Riese, der *Gott* heißt, hat es erschaffen. *Gott* hat die großen und die kleinen Dinge in sieben Tagen gemacht, und alles, was aus seinen Schöpferhänden hervorgegangen ist — das Meer, die Erde, die Blumen, die Sonne, die Menschen, alles hat sein eigenes Leben, kann gut oder böse sein.
So hat es Nicolo erklärt.
Als der Vater noch lebte, weideten zwei Schafe auf dem Plateau vor der Fischerhütte.
Salvi erinnert sich an jenen furchtbaren Abend, da die Männer Vaters Leiche brachten, die von den Wellen an Land gespült worden war. Seitdem hat die Mutter nicht mehr gesungen, und Salvi glaubt, daß mit dem Tod des Vaters auch ihre Liebe zu den Kindern gestorben ist.
Er starrt aufs Meer. Da und dort ragen die spitzen Dreiecke der Segler auf. Vor der Küste ruhen schwarze Fischerkähne, und am Horizont zieht ein Dampfer dahin. Fragen und Zweifel plagen Salvi.
Wird sich die Mutter grämen?
War es richtig von ihm, wegzulaufen?
Er legt sich ins Gras zurück und schließt die Augen.
Hör zu, Salvi Fünf. Hier geb ich dir zweitausend Lire. Löse dir eine Fahrkarte und fahre schleunigst nach Haus.
„Nein, ich fahr nicht zurück", murmelt Salvi.
Dämmerung senkt sich auf die Insel. Ein blaßroter Streifen am Himmel erinnert Salvi an Cola Fisch.

Vor tausend Jahren lebte in Messina ein junger Fischer. Er hieß Nicola, und weil er wie ein Fisch schwimmen und tauchen konnte, nannten ihn die Leute Cola Fisch. Eines Tages kam der König in das Fischerdorf und warf einen goldenen Pokal ins Meer.

„Hol ihn, Cola Pesce", befahl er. „Findest du ihn, so soll er dir gehören."

Cola sprang vom Felsen ins Meer und tauchte mit dem Pokal wieder auf. Aber sein Gesicht war nicht froh. Alle sahen, daß er nachdenklich und traurig war.

„Warum freust du dich nicht?" fragte der König.

Cola erwiderte: „Ich habe Schreckliches gesehen. Drei Säulen stützen Sizilien. Zwei sind noch fest, aber die dritte ist vom Feuer umlodert und wird bald zerbersten. Das sah ich, Herr."

Der König glaubte ihm nicht.

„Tauche hinab und bringe mir Feuer", sagte er.

Cola zögerte.

„Hast du Angst, Cola Fisch?" fragte der König.

Da trat Cola an den Rand des Felsens und sprang zum zweitenmal ins Meer. Lange wartete der König mit seinem Gefolge. Das Wasser färbte sich rot vom Blut des jungen Fischers. Cola tauchte nicht wieder auf.

Und die Leute erzählen sich: Cola Fisch stützt die geborstene Säule. Er trägt Sizilien auf seinem Rükken.

Salvis Blick schweift über die Dächer zum Meer. Himmel und Wasser sind eins geworden. Die Grenze ist verwischt. Alles ist grau.

Der Säugling hat aufgehört zu weinen. Salvi geht an dem Haus vorbei zum Bahnhof hinunter und löst ein

Billett nach San Giovanni. Vom Kai sieht er die Lichter der Stadt. Unendlich viele sind es; sie zu zählen, reichten tausend Hände nicht aus.

Zwischen Mauer und Schiffswand gähnt ein Abgrund. Salvi geht über die schwankende Brücke an Bord. Der Kontrolleur prüft das Billett und läßt den barfüßigen Jungen passieren.

Um Mitternacht entfernt sich das Schiff von der Kaimauer. Salvi verkriecht sich unter Deck. Seine Augen werden feucht. Wie Cola Fisch kommt er sich vor, der ins Wasser springt, obwohl er weiß, daß er niemals wieder zurückkehren wird.

Es riecht nach gebratenem Fleisch. Salvi trocknet die Tränen. Ist er nicht ein großes Stück vorwärtsgekommen? Und hat er nicht Glück gehabt, daß er die Krankenschwester kennengelernt hat?

Das Glück setzt sich, wie es ihm scheint, aus vielen kleinen Geschehnissen zusammen. Einmal ist es eine Tüte mit Essen, die du geschenkt bekommst, und ein andermal ist es ein Mensch, der es gut mit dir meint.

Es gibt keinen Grund zum Traurigsein; denn er ist ja nicht Cola Fisch, der die Last Siziliens auf seinem Rücken trägt.

Das Schiff gleicht einem Haus mit drei Stockwerken. Bald wird es in San Giovanni anlegen.

Salvi springt die Treppen hinauf und stellt sich an die Reling. Und wie er zur Küste hinüberschaut, hat er den Eindruck, als kämen die Lichter des Festlandes auf ihn zugeschwommen.

Salvi spürt das Zittern der Schiffsplanken. Die Häuser von San Giovanni sind zum Greifen nahe. Das Schiff gleitet an der Mauer entlang und wird fest-

gemacht, Kaum ist die Brücke heruntergelassen, eilt Salvi an Land. Es ist die erste Stunde seines elften Geburtstages.
An einem Kiosk kauft er sich Brötchen und Mineralwasser. Er fragt die Verkäuferin, eine müde Signora, wann der nächste Zug nach Milano fahre. Sie meint, es wäre am besten, den Schnellzug abzuwarten, der gegen zehn Uhr in San Giovanni eintreffe.
Salvi bedankt sich und gähnt. Die Müdigkeit der Verkäuferin hat ihn angesteckt, und er beschließt, sich ein Lager zu suchen.
Zwei Polizisten, die durch die Bahnhofshalle schlendern, mahnen ihn zur Vorsicht. Er hat die Warnung des Zeitungsfahrers nicht vergessen: „Paß auf, daß sie dir nicht eines Tages das Blut aussaugen."
Er schlägt einen Bogen um die Polizisten und gelangt ungehindert ins Freie.
San Giovanni ist ein sauberes Städtchen. Still liegen die Straßen und Gassen. Salvi legt sich außerhalb des Ortes auf eine Wiese und schläft bald ein.
Er erwacht von einer feuchten Berührung an Wangen und Stirn. Und als er die Augen öffnet, sieht er einen Hund über sich. Er schiebt ihm den Ellenbogen ins Maul und fragt: „Hast du mir das Gesicht abgeleckt?"
Der Hund ist mittelgroß und mager, ein junger Straßenhund, der Sympathie für den Jungen empfindet. Er hebt den Kopf und bellt die Sonne an, die über den flachen Hügel steigt. Salvi lacht.
„Hast du Hunger?" fragt er.
Er geht in den Ort und kauft sich für die letzten Lire ein Frühstück. Der Hund bleibt an seiner Seite. Salvi füttert ihn mit Pizza und Wurstzipfeln. Gegen neun

Uhr streicht Salvi in der Nähe des Bahnhofs herum und wartet auf das Fährschiff. Sein stummer Gefährte trottet neben ihm und läßt sich nicht wegscheuchen. Erst als Salvi einen Stein aufhebt, wendet er sich traurig ab und verschwindet hinter einem Haus.

Das Fährschiff läuft pünktlich in den Hafen ein. Salvi beobachtet, wie die Eisenbahnwaggons aus dem Schiff auf die Schienen geschoben werden. Während der Zug auf einem Nebengleis zusammengestellt wird, gehen die Reisenden auf dem Bahnsteig spazieren. Sie kaufen Erfrischungen und Zeitungen oder mieten sich für die anstrengende Fahrt ein Kopfkissen. Salvi klettert über den Zaun, der die Straße vom Bahngelände trennt. Hinter einem Gebüsch lauert er auf den günstigsten Moment. Der Rangiermeister pfeift. Salvi hastet über die Schienen und wirft sich platt an die Erde. Atemlos wartet er, ob er Rufe oder Schimpfworte hört. Nichts geschieht. Die Bahnarbeiter scheinen ihn nicht gesehen zu haben.

Langsam rollen die Eisenräder auf Salvi zu. Er springt auf ein Trittbrett, turnt an den Waggons entlang zu einer Tür und versucht die Klinke herunterzudrücken. Sie gibt nicht nach. Die Lokomotive hat schon den Bahnsteig erreicht. Salvi hört Stimmen und stellt sich die gierigen Hände vor, die ihn greifen und herunterzerren werden. Da hängt er sich mit dem ganzen Körpergewicht an die Klinke. Die Tür öffnet sich. Er schlüpft hinein und schlägt sie hinter sich zu.

Gebückt läuft er durch den engen Gang und sucht nach einem Abteil, in dem er sich verstecken kann. Der Zug bremst. Es gibt einen Ruck, dem eine be-

klemmende Stille folgt. Salvi legt sich unter eine Bank. Die Reisenden steigen ein und setzen sich auf ihre Plätze. In dem eiligen Hin und Her kommt keiner auf den Gedanken, unter die Bank zu schauen.
Ungeduldig wartet Salvi auf die Abfahrt des Zuges. Wie lange wird die Reise dauern? Einen Tag oder länger? Er hat vergessen, danach zu fragen. Lebe wohl, San Giovanni! Der Zug ruckt an und verläßt den Bahnhof. Noch einmal spürt Salvi das eigentümliche Gefühl des Abschieds.
Lebe wohl, Sizilien, Insel der Blumen und des bitteren Steinfenchels!
Je weiter er sich entfernt, um so neugieriger wird er auf das Kommende. Endlich hat er den großen Sprung gewagt, der ihn von einem Ende der Halbinsel zum anderen tragen wird.
Der Zug braust an der Küste entlang. Er krümmt die eisernen Glieder, streckt sich und kriecht in schwarze Tunnel. Er keucht steinige Berge hinauf und fährt durch grüne Täler. Salvi bewegt die Finger, auf die Hochwürdens Stiefel getreten haben. Der Schmerz hat nachgelassen. Er denkt an den blinden Francesco, die schwarze Signora und den traurigen Blick des Straßenhundes. Und ihm ist zumute, als trügen ihn eiserne Flügel übers Land.

Pfefferminztee am Morgen

Der Zug eilt durch den Bogen des Golfs von Gaeta. Das Meer siedet, als brenne ein unterirdisches Feuer. Es ist der Wind, der es im Abendrot erbeben läßt. In den Abteilen werden die Lichter angesteckt. Salvi

schläft mit dem Gesicht zur Wand.
In Rom steigen Fahrgäste zu. Das Abteil ist nun voll besetzt. Salvi hört Füßescharren und leises Lachen. Sie verlassen den Bahnhof, und Salvi dreht sich behutsam auf die andere Seite. Licht und Schatten huschen durchs Abteil. Die Gespräche verstummen. Jemand steht auf und dreht am Schalter. Das Licht geht aus. Eine blaue Glühlampe glimmt an der Decke. Sie fahren durch eine schlafende Stadt. Salvi errät es an den Schatten, die durchs Fenster fallen. Und er stellt sich vor, wie die Nacht ist, deren laue Luft er atmet.
Die Nacht schwebt zwischen Himmel und Erde. Überall ist sie, auf dem Berg und in der Ebene. Selbst die dickste Mauer kann sie nicht aufhalten. Sie liegt überm Meer und sinkt auf den Grund. Es nützt nichts, die Laternen anzuzünden. Die Nacht kommt und geht wie eine Fledermaus. Selbst unter der Bank spürt Salvi ihren sanften Flügelschlag. Er schließt die Augen und schlummert ein.
Wolken jagen mit dem Zug um die Wette. Es regnet. An den Fensterscheiben zerplatzen die Tropfen und rinnen hinab. Die Lokomotive verschwindet in einem Tunnel, und als sie auf der anderen Seite des Berges herauskommt, regnet es nicht mehr. Salvi bewegt die schmerzenden Glieder und lauscht auf das Rattern der Räder, die rastlos über die Schienen rollen.
Im Morgengrauen kommen sie in Milano an. Die Reisenden nehmen ihr Gepäck und drängen durch die Türen. Salvi kriecht unter der Bank hervor. Eine seltsame Stille umgibt ihn. An der Decke glüht noch die blaue Lampe, und hinter dem Fenster dämmert der Morgen. Er reibt sich den Schlaf aus den Augen

und betrachtet sein Spiegelbild. Das Gesicht ist schmutzig.
Er friert an den Füßen und verspürt großen Hunger.
Milano! Ich bin in Milano!
Er beugt sich vor und wischt mit den Fingern übers Glas, als wolle er sein Spiegelbild wegwischen. Plötzlich wird ihm bewußt, wie weit, weit entfernt er von Sizilien ist, und er fragt sich, wie viele Wochen oder gar Monate er brauchte, wenn er von Milano nach Hunderteier zu Fuß wandern müßte. Seine Tatkraft erwacht. Er wird sich auch in Milano zurechtfinden. Zuerst muß er sich Essen und einen Schluck heißen Kaffee besorgen.
Er hört ein Geräusch und zieht sich vom Fenster zurück. Durch den Gang kommen Schritte fest auftretender Stiefel. Sie sind schon ganz nah, eigentlich müßte er sie längst gehört haben. Im Nebenabteil wird die Tür aufgeschoben.
Salvi vermutet, daß es der Schaffner ist, der nach einem vergessenen Koffer sucht. Er steckt den Kopf hinaus, wartet einen Moment und flitzt durch den Gang. An der Tür versperrt ihm ein Bahnbeamter den Weg. Salvi macht eine Kehrtwendung und rast zurück.
„He, Paolo, paß auf!“
Paolo, ein untersetzter Mann mit gesträubtem Schnurrbart, fängt Salvi auf. „Sieh dir den an, Emilio!“
Emilio schaut von oben herab auf Salvi. Er ist einen Kopf größer als sein kurzbeiniger Kollege.
„Was kriechst du im Zug herum?“ fragt er. „Scher dich weg!“

„Halt!" befiehlt Paolo. Er greift nach Salvis Ärmel und zerreißt dabei den dünnen Stoff.
„Oh, Signore!" sagt Salvi.
„Laß ihn doch laufen", sagt Emilio ärgerlich.
Paolo reckt sich.
„Laufen soll ich ihn lassen?"
Emilio gähnt und blickt aus dem Fenster. Am Pfeiler lehnt ein Gepäckträger.
„Ich hab die Verantwortung", sagt Paolo. „Bring ihn zur Polizei."
„Schrei nicht so laut."
Emilio blinzelt Salvi zu und macht eine Kopfbewegung zur Tür. Aber Salvi bemerkt es nicht.
„Bring ihn zur Polizei", sagt Paolo.
„Rutsch mir den Buckel 'runter!"
Emilio stößt die Tür auf und verschwindet.
Paolo reibt sich wütend die Nase.
„Das wird er bereuen", knurrt er.
Salvi starrt auf die Pendeltür, die sich knarrend bewegt. Die leeren Fenster eines Personenzuges gleiten am Zug vorbei.
„Was wolltest du hier?" fragt Paolo.
Salvi schweigt.
Paolo macht mit seiner Rechten eine kreisrunde Bewegung zum Körper zu. „Stehlen?"
„Nein, Signore, bestimmt nicht."
„Sag die Wahrheit."
„Ich bin mitgefahren, Signore."
„Mitgefahren? Von wo?"
„San Giovanni."
„Und hast die Fahrkarte verloren, was? Erzähl mir keine Geschichten."
„Unter der Bank hab ich gelegen."

Paolo wölbt seine Brust und rückt sich die Jacke zurecht.
„Verdammter kleiner Lügner!"
Der Morgen zieht heute nur schwer herauf. Die Luft ist feucht. Paolo führt den Jungen zur Wachstube der Bahnpolizei. Über der Tür brennt eine weiße Kugellampe.
Salvi fröstelt. Sein zerissenes Hemd flattert um den bloßen Arm. Als der Beamte die Tür öffnet, kommt ihm verbrauchte Luft entgegen.
Salvi bleibt auf der Schwelle stehen. Er spürt noch das harte Klopfen der Räder in den Gliedern. Vielleicht liegt er unter der Bank und träumt? Wie glücklich wäre er, könnte er sich auf einen Strohsack werfen.
„Marsch hinein!"
Ein Stoß befördert ihn in die Wachstube. Er stolpert an einen Tisch. Durch ein vergittertes Fenster fällt trübes Licht in den Raum.
„Hier bring ich jemand", sagt der Bahnbeamte.
In einer dunklen Ecke raschelt es. Ächzend erhebt sich ein Polizist von seiner eisernen Bettstelle.
„Was ist los?" fragt er ärgerlich.
„Den Strolch hier hab ich im Zug erwischt. Vermutlich ein Dieb!"
Der Polizist knöpft sich den Kragen zu und setzt sich hinter den Tisch.
Salvi schöpft Hoffnung.
„Ich bin kein Dieb. Signor Polyp."
„Polyp?"
„Ein gottverdammter kleiner Dieb", sagte der Bahnbeamte. „A rivederci! Ich muß zum Zug, mein Dienst ist gleich zu Ende."

Erleichtert hört Salvi die Tür ins Schloß fallen.
,,Ich hab nichts Schlechtes getan, Signor Polyp. Sie können es mir glauben."
Der Polizist steht auf. Seine Augen funkeln zornig.
,,Hör ich noch ein einziges Mal ,Polyp' — ich schlag dich tot, du Lausejunge."
Salvi weicht einen Schritt zurück.
,,Bitte entschuldigen Sie ... Ich wußte nicht ... ich wollte nicht ... ich hab's nicht so gemeint, Signore ... Vor kurzem, da treff ich einen Mann, und der sagt mir, daß alle Polizisten ..."
,,Schweig!"
Der Polizist öffnet das Wachbuch und greift zum Federhalter, der in einem blauverkrusteten Fläschchen steckt.
,,Name?"
,,Salvatore Fünf."
Die Feder kratzt übers Papier und malt die Buchstaben in steifer, feierlicher Schrift.
Salvi tastet verstohlen nach seinem Paß.
,,Ort der Geburt?"
,,Hunderteier."
,,Mach keine Späße."
,,Das ist kein Spaß, Signore. Ich komme aus Hunderteier."
Der Polizist mustert den Jungen verdrießlich.
,,Soso, aus Hunderteier ... Meinetwegen."
Er klappt das Buch zu und steckt den Federhalter in das Glasfläschchen.
,,Also was hast du gestohlen?"
Salvi stülpt seine Hosentaschen nach außen und breitet die Arme aus.
,,Nichts, Signore."

Und während er spricht, tönt es in seinen Ohren: Nichts, Signore ... nichts, Signore ... nichts, Signore. Es hallt wie ein Echo, das statt leiser zu werden immer lauter und schmerzhafter gegen sein Trommelfell dröhnt. Und mit einemmal wird es totenstill. Er taumelt und klammert sich an der Tischkante fest. Für einen Augenblick hat er das Gefühl, auf einer Wolke durch den Raum zu schweben.

Der Polizist springt auf.

„Was ist mit dir?"

Salvi hört das Poltern des umfallenden Stuhls. Seine Knie straffen sich. Er wendet den Kopf und sieht das vergitterte Fenster, hinter dem ein trostloser Morgen lauert. Und ihm ist zumute, als kehre er von einer glücklichen Reise in die traurige Wirklichkeit zurück.

„Bist du etwa krank?" fragt der Polizist. „Mach mir bloß keinen Ärger."

„Bißchen Hunger, Signore."

„Gott sei Dank — bloß Hunger. Ich dachte, du klappst mir zusammen, und ich hätt 'nen Haufen Scherereien ... Hunger ist besser als Krankheit ... Ich hab Magengeschwüre ... Kein Speck, kein fettes Fleisch, nichts, was Spaß macht, darf ich essen ..."

Er zerrt am Kragen, der seinen dürren Hals einzwängt.

„Trink 'nen Schluck", sagt er. „Hast mich im schönsten Schlaf gestört ... Zum Essen hab ich nichts ... Das Zeug schmeckt nicht besonders? Es ist Pfefferminztee, Bohnenkaffee darf ich nicht trinken ..." Salvi wischt sich den Mund ab. Seine Furcht vor dem Polizisten läßt nach, und er erwägt sogar, ob er

seinen Paß zeigen soll; denn ein Polyp, der Magengeschwüre hat und Pfefferminztee trinkt, kann nicht so gefährlich wie die anderen sein, die auf Bahnhöfen mit Gummiknüppeln spazierengehen.
„Was fang ich bloß mit dir an?" fragt der Polizist.
„Lassen Sie mich laufen, Signore."
„Laufenlassen ...? Geht nicht!"
„Aber ich hab doch nichts gestohlen."
„Egal ... Wenn ich dich freilasse, krieg ich Ärger, und der schlägt mir auf den Magen ... Setz dich dort in die Ecke, oder leg dich auf die Pritsche, bis Silvio kommt ... Ich hau mich noch 'n Stündchen hin, sonst bin ich den ganzen Tag nicht zu gebrauchen. Und rühr dich nicht von der Stelle. Ich schieß dich glatt übern Haufen. Verstanden?"
Salvi starrt in die runde Öffnung der Pistole, die auf seine Brust zielt. Er weicht zurück, bis er die kalte Wand im Rücken spürt. „Ich rühr micht nicht, Signore."
„Fall mir nicht wieder um", sagt der Polizist und steckt die Pistole ein. Er wirft sich aufs Bett, krümmt sich stöhnend zusammen und dreht sich mit dem Gesicht zur Wand.
Salvi wagt es nicht, sich zu bewegen. In seinem Kopf summt und brummt es. Ein Zug fährt in die Halle. Die Bremsen quietschen; Rufe ertönen und Schritte. Salvi vernimmt die Geräusche wie hinter einer dicken Nebelwand. Durchs Fenster kriecht das Frühlicht und nistet sich in den dunklen Ecken ein.
An der Wand tickt eine Uhr. Salvi bemerkt sie zum erstenmal. Neben der Pfefferminzteekanne ist ein feuchter Fleck. Es ist zehn Minuten nach fünf. Salvi schleicht zur Tür. Er hört den Strohsack rascheln und

drückt sich an die Wand. Der Polizist wälzt sich herum. Salvi beobachtet ihn, bereit, bei der leisesten Bewegung durch die Tür zu stürzen.
Der Polizist holt röchelnd Luft. Er spitzt die Lippen, als habe er vor, ein Lied zu pfeifen, und pustet den Atem aus.
Salvis Hand tastet nach der Türklinke. Er ist nicht sicher, ob der Polizist wirklich schläft oder ihn auf die Probe stellt. Sein Blick fällt auf die Pistole in der Tasche, wenige Zentimeter neben der Hand, die sie beim leisesten Geräusch herausziehen könnte.
Ich schieß dich glatt übern Haufen!
Er reißt die Tür auf, stürzt hinaus und jagt durch die Bahnhofshalle. Er schlängelt sich durch die Reisenden, die mit ihren Koffern den Bahnsteigen zustreben, und hat das Gefühl, durch einen bunten Wald zu laufen, in dem die Bäume spazierengehen. Er stößt gegen den Bauch eines Signore, prallt gegen eine Bäuerin und rennt durch die Tür ins Freie. Niemand verfolgt ihn.
Über ihm ist der graue Himmel, der schon Risse bekommt, durch die ein kräftiges Blau leuchtet. Vor ihm liegt eine Rasenfläche, mit Blumen gemustert und von beschnittenen Bäumen flankiert, und dahinter spreizt sich das breite, häßliche Bahnhofsgebäude.
Ein Sprengwagen rollt vorbei und bespritzt ihm die Füße. In den Bäumen lärmt eine Schar Spatzen.
Salvis Blicke stoßen überall an Häusermauern. Trotzdem fühlt er sich frei und spürt, wie die Stadt zu leben und zu atmen beginnt.
Er ist in Milano.

Die seidenen Tücher des Signor Vecchio

Das Morgenlicht rieselt über die Dächer in die Stadt. Zwischen den Mauern beginnt der Alltag zu brodeln. Die Arbeiter eilen in die Fabrikhallen und die Angestellten in die Büros und Warenhäuser. Niemand hat mehr Zeit, müde zu sein, auch Salvi nicht, der zwischen den Menschen treibt und auf ein großes oder kleines Wunder wartet.

Würde ihn jemand fragen, was er eigentlich erwarte, so wüßte er keine genaue Antwort. Wunder sind schwer zu beschreiben. Gewiß, er wünscht sich ein neues Hemd oder ein Paar Schuhe, und die Erfüllung dieser Wünsche wäre vielleicht schon ein Wunder, wenn auch nur ein kleines.

Am Ende der Straße liegt eine Piazza. Und da er gerade über ein Wunder nachdenkt, stellt er sich vor, daß dort plötzlich ein Ballon lande, dessen Kapitän ihn mit einladender Handbewegung auffordere, in die Gondel zu steigen.

Salvi läuft an der langen Schaufensterfront eines Warenhauses entlang, als gelte es, ja nicht zu spät zu kommen. Wenn er auch nicht an die Landung des Ballons glaubt, hat er doch das Gefühl, daß sich etwas Besonderes ereignen würde.

Die Straße ist nicht zu Ende, wie Salvi vermutete, sondern begrenzt die Längsseite der Piazza, in deren Mitte eine weiße Kathedrale steht. Er schließt die Augen vor der Lichtfülle, die ihn mit einem Male überflutet, und als er die Lider wieder aufschlägt, kommt ihm das herrliche Bauwerk trotz seiner riesenhaften Größe wie ein Gebilde aus Licht und Farben

vor. Staunend betrachtet er die vielen nadelspitzen Türmchen. Der Dom scheint aus zwei Teilen zu bestehen, dem Fundament, das mit der Erde verwachsen ist, und der oberen Hälfte, die zum Himmel strebt.
Nachdem Salvi eine Weile gestanden und geschaut hat, geht er quer über die Piazza auf das Mittelportal zu, in dem ein düsteres Feuer glüht. Er möchte durch das offene Tor gehen und die Heilige Mutter Gottes um Brot und Kleidung bitten; denn welch eine Kraft müßte ein Gebet in dieser gewaltigen Kathedrale haben, deren höchste Spitze die Fußsohlen der Engel kitzelt.
Je näher Salvi dem Portal kommt, um so langsamer werden seine Schritte. Vor der Treppe bleibt er stehen und lehnt sich gegen einen Laternenpfahl. Er schaut an sich herunter, bemerkt den zerrissenen Hemdsärmel und die schmutzigen Beine. Darf er in diesem Zustand vor das reine Antlitz der Heiligen Mutter Gottes treten? In Hunderteier hätte er keinen Augenblick gezögert, denn dort kennt er jeden Flekken auf dem Bildnis der Mutter Maria, aber hier wagt er nicht einmal, die Treppen hinaufzusteigen.
Zögernd wendet er sich ab, schlängelt sich durch eine Gruppe Touristen und strebt aus dem Schatten des Doms in die Sonne. Sein Magen knurrt. In den Schaufenstern, dem Dom gegenüber, liegen Edelsteine, Uhren, Ansichtskarten, Kleider, Brillen und Heiligenbilder. Salvis hungrige Blicke streifen über die Auslagen, die schön und begehrenswert, aber nutzlos für ihn sind.
Plötzlich empfindet er Widerwillen gegen die prächtige Straße und den weißen Dom. Und auch die

Leute, die mit zufriedenen Gesichtern spazierengehen, gefallen ihm nicht. Er setzt sich in Trab, um in eine Gegend zu kommen, in der es nach Brot und Fisch und Obst riecht.

Wenige Schritte vor der Kreuzung wird er von einer Schar schlanker Mädchen aufgehalten, die seidene Tücher an die Leute verteilen. Wahrhaftig, er sieht mit eigenen Augen, daß sie kein Geld dafür nehmen. Und als er schon aufgehört hat, an Wunder zu glauben, legt ihm eins der langbeinigen Mädchen einen Schal um den Hals, gibt ihm einen leichten Schubs und sagt: ,,Das schenkt dir Signor Vecchio!"

Salvi bleibt überrascht stehen. Glatt und kühl schmiegt sich die Seide um seinen Hals.

,,Danke, Signorina."

,,Da hast du noch eins", sagt das Mädchen. ,,Steck es schnell weg."

Salvi stopft das Tuch in die Tasche.

,,Wer ist Signor Vecchio, Signorina?"

,,Frag nicht so viel!"

Das schlanke Mädchen läßt Salvi kurzerhand stehen und folgt ihren Gefährtinnen. Er schaut ihr verdutzt nach. Zu gern hätte er gewußt, warum Signor Vecchio die feinen Tücher verteilen läßt. Leider kann er die Buchstaben, die auf das Tuch gedruckt sind, nicht lesen.

Zwei junge Männer gehen vorüber, und Salvi hört, wie der eine zum anderen sagt: ,,Schau dir den an! Wie einen jungen Hahn haben sie ihn herausgeputzt."

Salvi macht sich nichts daraus. Hähne sind stolz und farbenprächtig; und es ist besser, einem Hahn als einem Esel zu gleichen. Er betrachtet sich im

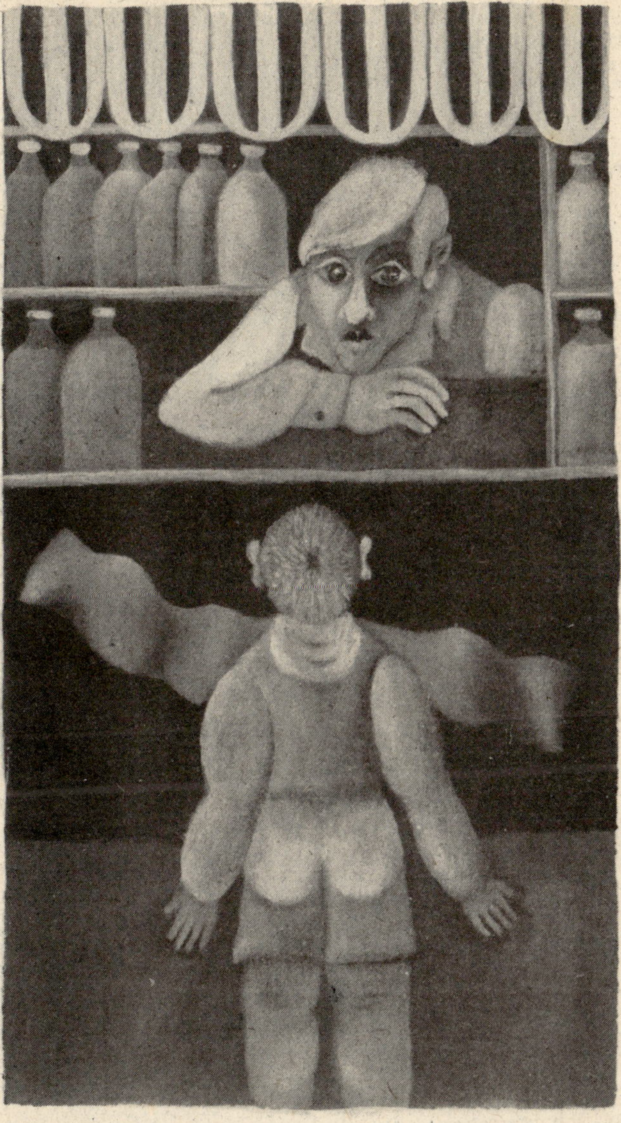

Schaufenster, dreht und wendet sich nach allen Seiten und bestaunt die glänzende Seide, die den zerrissenen Ärmel verdeckt.

„Hallo, Junge!"

Salvi schaut in die Richtung, aus der die Stimme kommt. Hinter dem blitzenden Stand eines Erfrischungspavillons erblickt er einen in strahlendes Weiß gekleideten Mann.

„Guten Tag, Signore, was wünschen Sie?"

Vor Salvis Augen stehen Gläser und Flaschen mit Fruchtsäften und zwei Schüsseln voll gelber Zitronen und blutroten Apfelsinen. Ihm wird ganz schwindlig vor den Herrlichkeiten, und er stellt fest, daß er nicht nur Hunger, sondern auch Durst hat.

„Komm herein!"

Salvi schlüpft durch eine schmale Tür.

„Wieviel verlangst du für die Tücher?" fragt der Limonadenmann.

Salvi zieht das Tuch aus der Tasche.

„Nehmen Sie es, Signore. Geben Sie mir etwas zum Trinken dafür, und vielleicht ein Stück Brot?"

„Ja, ja, selbstverständlich ... Setz dich auf den Hocker, gleich bekommst du ein Frühstück. Möchtest du Limonade? Auch kalte Milch kannst du haben."

„Am liebsten trink ich Zitrone."

„In Ordnung. Hier hast du Brot und Käse, und nimm dir ein paar Oliven aus dem Glas. Damit ist das Tuch reichlich bezahlt, findest du nicht?"

Salvi beißt gierig in das Brot. Er kaut und schmatzt und schlingt die trockenen Bissen hinunter.

„Na, was ist?" fragt der Limonadenmann. „Ist das Geschäft perfekt?"

„Ich hab mächtigen Durst, Signore."

Der Limonadenmann greift zum Messer.
,,Abgemacht!"
Er wirbelt die scharfe Klinge durch die Luft und fängt sie am Griff wieder auf. Aufmerksam verfolgt Salvi die klugen Handgriffe, die kunstvoll eine Zitrone halbieren und den Saft herauspressen, ohne daß ein Tröpfchen verlorengeht. Nach wenigen Sekunden schon hält ihm der Limonadenmann sprudelndes Zitronenwasser unter die Nase.
Salvi trinkt und beißt ein Stück Käse ab.
,,Für das andere Tuch geb ich dir hundert Lire."
,,Das geht nicht, Signore."
,,Gut, sagen wir: zweihundert ... Und ein Glas Zitronensprudel dazu ...! Warum überlegst du noch? Schlag ein!"
Salvi zögert. Es fällt ihm schwer, sich von dem schönen Tuch zu trennen. ,,Signor Vecchio hat es mir geschenkt. Ich möchte es gern behalten!"
Der Limonadenmann spitzt die Lippen und wiegt spöttisch den Kopf hin und her.
,,Soso ... Ist Signor Vecchio etwa dein Onkel?"
,,Nein, Signore. Ich kenne ihn gar nicht. Aber die Signorina sagte zu mir: ,Das Tuch schenkt dir Signor Vecchio.'"
,,Und weißt du, was auf dem Tuch steht?"
,,Ich kann nicht lesen ... Bitte sagen Sie mir, wer Signor Vecchio ist."
,,Willst du dich bedanken bei ihm?"
,,Ja, Signore."
Der Limonadenmann klatscht in die Hände und bricht in schallendes Gelächter aus.
,,Hahaha ... Hohoho! ... Das ist nicht zu glauben ... Machst du Spaß oder Ernst ... Wo kommst du

überhaupt her?“
„Aus Hunderteier, Signore ... Wenn man etwas geschenkt bekommt, muß man doch Dankeschön sagen. Oder nicht?“
„Hm. Ja ... Das ist wahr.“
Der Limonadenmann wischt sich die Tränen ab, und seine Augen, die beim Lachen weit hervorgetreten waren, verkriechen sich wieder.
„In Ordnung. Für ein Geschenk hat man sich zu bedanken ... Siehst du das Hochhaus dort drüben?“
„Ja. Das hat bestimmt tausend Stuben.“
„Es gehört Signor Vecchio.“
„Und was macht er dort?“
„Kleider! Schlag eine Illustrierte auf, und schon siehst du Gina oder Sophia oder Simone in einem Kleid von Signor Vecchio.“
„Aber wie kann er das alles schaffen?“
„Ganz einfach. Er hat sich fünfhundert Köpfe und tausend Hände gekauft, die arbeiten für ihn ... Verstehst du das?“
„Ja, Signore. Der Padrone in Hunderteier macht's genauso. Nur — seidene Tücher verschenkt er nicht.“
„Du bist klüger, als ich dachte ... Willst du noch einen Zitronensprudel trinken?“
„Gern, Signore.“
Die Sonne ist über die Dächer geklettert und spiegelt sich in dem blankgeputzten Ausschank. Lichtpünktchen von ungeheurer Schärfe blitzen auf. Salvi schließt geblendet die Lider und lehnt sich in den Schatten.
„Warum Signor Vecchio Tücher verschenkt, erklär

ich dir nachher", sagt der Limonadenmann. „Zuerst kommt das Geschäft. Trink deinen Zitronensprudel aus und nimm die zweihundert Lire ... Wann hast du dich eigentlich das letzte Mal gewaschen?"

„Das ist schon lange her, Signore."

„So siehst du auch aus ... Um es kurz zu machen: Signor Vecchio möchte nicht, daß die Leute die Kommunisten wählen. Darum schickt er seine schmucken Mädchen auf die Straße und läßt seidene Tücher verteilen." Er hält das Tuch gegen die Sonne. „Siehst du, hier steht: ‚Wählt den Kandidaten der Liberalen Partei, Arturo Vecchio' ... Du weißt doch hoffentlich, daß in vier Wochen Wahlen sind?"

„Nein, Signore. Was kann man denn wählen?"

Der Limonadenmann schaut Salvi verdutzt an.

„Du bist mir einer", sagt er. „Hm, was wähle ich, wenn ich meinen Zettel reinstecke? Eigentlich nichts. Die Reichen bleiben reich, und die Armen bleiben arm. Und die Miete für meinen Pavillon wird auch nicht billiger ... Höchstens wenn ich die Kommunisten wähle, aber die wähle ich nicht. Womöglich vernageln sie meinen Pavillon mit Brettern und schicken mich in eine Fabrik. Nein, das ist nichts für mich."

Salvi entsinnt sich eines nächtlichen Gesprächs mit Nicolo.

„Vor kurzem hab ich zwei Sterne gesehn", erzählt er. „Die waren heller als die anderen. Nicolo sagte: ‚Bemerkst du, wie sie sich bewegen?' Ich denke zuerst, er macht Spaß, doch dann sehe ich, daß sie über Hunderteier hinweg zum Ätna ziehn ... Tatsächlich, zwei Sterne, Signore ... Haben Sie vielleicht eine Sicherheitsnadel für meinen zerissenen Ärmel?"

Der Limonadenmann sucht in seiner Schürzentasche. Er betrachtet Salvi mit einem langen, seltsamen Blick.
„Ein komischer Junge bist du ... Hier ist eine Sicherheitsnadel ... Was haben die Sterne mit den Wahlen zu tun?"
„Es waren gar keine Sterne, Signore."
„Glühwürmchen etwa?"
„Weltraumschiffe! Innen brannte elektrisches Licht, deshalb leuchteten sie so. Und in jedem Schiff saß ein Kapitän, ganz allein, nicht einmal einen Steuermann hatte er mit. Ich dachte, so etwas könnte nur ein Zauberer machen, aber Nicolo sagte zu mir: ‚Nein, ein richtiger Mensch sitzt in dem Schiff ...' Ein Kommunist, Signore ... Nicolo hat mir am anderen Tag die Zeitung gezeigt. Da hab ich die Bilder gesehen, tatsächlich, aber ich glaube trotzdem nicht, daß das richtige Menschen gewesen sind. Und wenn die Kommunisten den schönen Pavillon mit Brettern vernageln wollen, dann würde ich lieber Signor Vecchio wählen, weil er so feine Tücher verschenkt."
„Quatsch! Was hab ich von Signor Vecchio? Die Tücher verkauf ich an Touristen, die nehmen sie mit nach England oder Frankreich."
Salvi trinkt den Zitronensprudel aus. Wie neugeboren fühlt er sich, nicht nur, weil er satt ist, sondern weil er jemand gefunden hat, mit dem er sprechen kann.
„Das ist es ja gerade", ereifert sich der Limonadenmann. „Den Himmel erstürmen diese Ungläubigen und tragen das elektrische Licht in die Wolken. Sie sind nicht aufzuhalten. Sogar der Heilige Vater schickt ihnen einen Glückwunsch ... Die Erde ist

ihnen nicht gut genug — was ja auch richtig ist ... Aber muß man deswegen gleich das Unterste zuoberst kehren?"
„Wen wählen Sie dann aber, Signore?"
„Weiß der Himmel", sagt der Limonadenmann. „Wahrscheinlich werde ich niemandem Rosen aus dem Fenster werfen."
Er holt ein Staubtuch unterm Tisch hervor und reibt über das blinkende Metall.
„Nun lauf! Gleich beginnt das Geschäft hier. Und wenn du zu Arturo Vecchio kommst, bestell einen Gruß von mir. Er kann mir mal ..."
Er haucht geräuschvoll gegen die Nickelplatte.
„... er kann mir mal die Miete herablassen, sonst mach ich Pleite, und Signor Vecchio muß sich nach einem anderen Pächter umsehen."
„Gehört dieser Pavillon denn Signor Vecchio?" fragt Salvi verwundert.
Der Limonadenmann nickt und legt den Arm über den Ausschank. In seinen Augen schimmert Sehnsucht. Mehr für sich als für Salvi sagt er: „Eines Tages aber gehört er mir ... Warum nicht? Ein Sommer müßte kommen, daß die Leute vor Durst vergehn ... Ich sehe sie schon bis zur Straße drüben anstehn und um Getränke betteln ... Die Spatzen fallen vor Hitze aus der Dachrinne, und bei mir zischt das kalte Wasser aus dem Hahn ...
‚Zweihundert Lire das Glas.'
‚Tut mir leid, Signorina, billiger geht's nicht.'
Ich schenke ein, schenke ein, leg die Scheine in den Kasten, schenke ein ... Tag und Nacht ..."
„Zweihundert Lire für ein Glas Wasser, Signore? Dafür hab ich zwei Tage arbeiten müssen."

„Was schwätzt du da?“ fragt der Limonadenmann.
„Ach, was verstehst du vom Träumen.“
Plötzlich überziehen sich seine Augen mit hartem Glanz. Hastig zieht er den Arm vom Ausschank zurück und reißt die Tür auf.
„Verschwinde!“
Neben dem Pavillon hält ein graues Auto. Eine blonde Dame mit mildem, weißem Gesicht steigt aus.
Der Limonadenmann wirbelt das Messer durch die Luft, halbiert eine blutrote Apfelsine, preßt den Saft heraus und läßt eiskaltes Wasser ins Glas sprudeln.
„Eine Aranciata? Bitte sehr! Wohl bekomm's, Signora“, sagt er, dienstbereit lächelnd.
„Oh, what's that?“ fragt die milde Dame, auf Salvi deutend. „This boy — he looks at me, why that?“
„Nix verstehn, Madame.“
„Warum starrt er mich an?“ fragt die Dame auf italienisch.
„Ein Straßenjunge, Signora“, sagt der Limonadenmann und droht Salvi mit der Faust.
„Scher dich weg! Lästig wie Fliegen sind diese kleinen Teufel. Entschuldigen Sie, Madame.“
Salvi zieht sich in den Schatten zurück und bewundert das Auto, dessen Vorderansicht einem aufgerissenen Haifischmaul ähnelt.
Der Limonadenmann breitet ein Seidentuch vor der Dame aus.
„Ein Souvenir mit dem Namenszug Signor Vecchios.“
„Wieviel?“ fragt die Dame.
„Tausend, Signora.“
Salvi hört den Preis und sieht, daß die Signora ihr Portemonnaie aus der Handtasche nimmt.

Tausend Lire? Das muß ein Versehen sein.
Er glaubt, sich verhört zu haben, wiederholt sich die Worte und den Tonfall und begreift, daß er richtig verstanden hat.
„Geben Sie ihm keine tausend, Signora!" ruft er. „Mir hat er nur zweihundert gegeben."
Das Gesicht des Limonadenmannes verzerrt sich, und seine Augen quellen aus den Höhlen.
„Lumpenkerl ...! Lügner ...! Lausebengel!" schreit er. „Ins Loch gehörst du! Gleich ruf ich die Polizei..."
Salvi rennt schräg über den Fahrdamm auf die andere Seite und verschwindet zwischen den Passanten. Aus der Ferne beobachtet er, wie die Signora das Tuch einsteckt und ins Auto steigt.
Der Dom wirft seinen Schatten in die Straße. Neben ihm, halb in der Sonne, steht der Pavillon.
Eine dicke schwarze Fliege setzt sich auf Salvis Knie.
Das graue Auto surrt die Straße hinunter. Deutlich erkennt Salvi das milde, weiße Gesicht der Signora. Wie ein Stein kommt er sich vor, den jemand achtlos in die Ecke geschleudert hat. Allmählich erst spürt er sich selber wieder. Er bemerkt die Fliege an seinem Knie und schlägt nach ihr. Doch er trifft sie nicht.

Glockengeläut in Milano

Mittags fängt es zu regnen an. Eigentlich ist es kein richtiger Regen, sondern eine graue Feuchtigkeit, die nebelgleich zwischen den Häusern hängt. Salvi irrt, bis auf die Haut durchnäßt, durch die Straßen.

Abends treibt er sich in der Nähe eines Bauplatzes herum und verkriecht sich unter einem Bretterstapel. Kurz vor Sonnenaufgang wird er von einem Wächter aufgestöbert und davongejagt.
Er läuft durch menschenleere Straßen und Gassen. Unablässig rieselt der Regen, und über die Mauern streicht ein kalter Luftzug. Die Stadt ist grenzenlos — ein zerklüftetes Steinlabyrinth, in dem jegliches Leben erstarrt ist. Salvi bleibt unter einem Torbogen stehen, verschränkt die Arme und hüpft von einem Fuß auf den anderen.
Allmählich wird es hell. Die schwankenden Lichter der Bogenlampen verlöschen. Salvi hört Schritte und Pferdegetrappel. Die Stadt erwacht. Zwischen den Mauern dröhnen die Motoren. Er wirft einen sehnsüchtigen Blick zum Himmel, der keine Hoffnung auf einen sonnigen Tag verspricht. Für die letzten hundert Lire bekommt er in einer kleinen Bäckerei eine Tüte voll Brötchen.
Hinter niedrigen Sträuchern verläuft die Straße. Salvi hört Autos und sieht, während er ißt, Leute in Regenmänteln und Kapuzen vorbeihasten.
Ein Kindermädchen führt unterm Schirm zwei kleine Jungen spazieren. Der eine blickt verlangend auf Salvis Brötchen und bleibt stehen, doch das Kindermädchen zerrt ihn weiter. Der Junge legt den Kopf in den Nacken und weint.
„Ich geb ihm gern ein Brötchen ab“, ruft Salvi.
Das Kindermädchen beachtet ihn nicht, und Salvi ist froh, daß er das Brötchen behalten darf; denn der dicke Junge sah nicht so aus, als hätte er kein Frühstück gegessen.
Salvi zählt die Brötchen und teilt sie sich bis zum

nächsten Tag ein. Wer weiß, wann er wieder etwas zu essen bekommt? So hat er eine kleine Reserve, und er nimmt sich vor, sie nicht anzureißen.
Gegen Mittag hellt sich der Tag etwas auf, aber das dauert nur kurze Zeit. Salvi gerät in den Trubel einer Markthalle und fragt eine Gemüsefrau, ob er ihr beim Abladen der Kohlköpfe helfen dürfe. Sie stemmt die Fäuste in die Hüften und schimpft, es sei eine Schande für seine Familie, ihn so zerlumpt herumlaufen zu lassen.
Grau und sinnlos vergehen die Stunden. Die Menschen sind schlecht gelaunt, und Salvi fürchtet sich vor ihren mißmutigen Gesichtern. Es scheint ihm, als fließe das Blut langsamer als an sonnigen Tagen durch die Adern. Er hat keinen Mut, etwas zu unternehmen.
Der Regen schmeckt nach Ruß. Salvi geht an einer Fabrikmauer entlang. Über dem eisernen Tor, das versonnen zwischen zwei Trauerweiden liegt, brennt eine Lampe, und auf dem Fabrikgelände blinzeln vereinzelte Lichter. Unermüdlich trabt Salvi weiter, als könne er der Angst entfliehen, die in seinem Innern hockt. Er verliert sich zwischen engen Straßen und entdeckt am Rande eines Schrottlagers eine Bretterbude.
Inzwischen ist es Abend geworden. Salvi knüllt die Tüte zusammen und wirft sie weg. Sie schwimmt wie ein Schiffchen auf einer schmutzigen Pfütze. Mit dem Brötchen im Mund kriecht Salvi durch den Drahtzaun und klettert über einen Haufen verrosteter Bleche und Eisenstangen. Niemand bemerkt die schmale Gestalt, die zu dem verfallenen Schuppen schleicht.

Drüben liegt die Straße. Hinter vielen Fenster brennt Licht. Die Tropfen prasseln auf das Bretterdach. Salvi setzt den Fuß auf das glitschige Holz und tastet sich hinein. Seine Augen gewöhnen sich an die Dunkelheit. Er erkennt einen verfallenen Herd, Blechkrüge, leere Zementsäcke und eine zerrissene Jacke. An der Längswand findet er einen trockenen Platz, der zum Schlafen geeignet ist, und macht sich aus den Zementsäcken ein Lager zurecht; die feuchten legt er nach unten und die trockenen nach oben. So kommt er zu einem Bett, besser, als er es gehofft hat. Er verschränkt die Arme hinterm Nacken und starrt ins Freie.

Seine Augen durchdringen die Finsternis. Es ist, als gehe eine Tür auf, hinter der verborgene Lichter brennen. In Wirklichkeit sind es die gelben Fenster der Straße, die er zwischen dem Schrott sieht.

Plötzlich glaubt er Musik zu hören: Pinge, pinge, pinge ... Pong, pong, pong ... Pinge, pinge, pinge ... Pong, pong, pong ... So tönt es, seltsam vertraut.

Salvi lauscht und sinnt: Pinge, pinge, pinge ... Pong, pong, pong ... Pinge, pinge, pinge ... Pong, pong, pong ...

Plötzlich weiß er, woher er dieses feine Klingen kennt. Es kommt aus dem Nebel der frühen Kindheit: Der Vater sitzt neben der Wiege und klopft mit dem Löffel gegen ein Glas und eine Tasse.

Hörst du: Pinge, pinge, pinge ... Pong, pong, pong?

Der Vater lächelt. Sein Gesicht ist ganz nah.

Irgendwo raschelt es. Das Geräusch zerstört die Erinnerung. Salvi richtet sich auf und lauscht. Das Rascheln verstummt, trotzdem scheint es, als husche ein Tier.

Eine Maus? Oder eine Ratte?
Er hört die Tropfen in eine Pfütze ticken und auf ein Stück Blech aufschlagen: Pinge, pinge, pinge ... Pong, pong, pong.
Vor Mäusen fürchtet er sich nicht, aber Ratten findet er ekelhaft. Er reißt ein Stück Papier ab, macht eine Kugel und wirft. Es bleibt still.
Salvi tapst barfüßig über das nasse Holz. Unter dem Herd liegt eine zerissene Jacke. Er zögert, sie aufzunehmen, aber wenn er in der Nacht nicht frieren will, muß er sich mit dem Fetzen zudecken.
Zwei längliche Schatten huschen zur Tür und plumpsen auf den Lehmboden.
Salvi hebt angewidert den Fuß, der die eklige Berührung gespürt hat, schüttelt ihn und wirft den stinkenden Lumpen an die Erde. Er hockt sich auf das Lager und preßt die Schenkel an die Brust. Klingt es nicht, als brande das Meer gegen die Felsen? Er döst zwischen Schlaf und Wachsein. Sein Körper erwärmt sich. Nach und nach trocknet die Kleidung auf seinem Leib.
Plötzlich sieht er das bärtige Gesicht des alten Gaspare vor sich, der ihm gesagt hat, man müsse den Faden zerreißen. Damals schien das ganz einfach zu sein. Salvi sagte: Addio, Signore! und rannte weg. Heute nacht aber zeigt sich, daß der Faden sehr haltbar ist und von der Spitze des weißen Doms in Milano bis zum Kirchturm nach Hunderteier reicht.
Im Traum verwandelt sich Salvi in einen Seilkünstler. Er balanciert hoch über den Dächern von Milano und erblickt in der Ferne das Meer. Leicht wie ein Luftballon fliegt er, sich mit dem Füßen abstoßend, in weiten Sätzen durch die Luft. Unter ihm spannt sich

der dünne blaue Faden.
Ein Junge steht auf einem Berg und bläst auf einer goldenen Trompete. Als er Salvi sieht, setzt er die Trompete ab und winkt.
„Ich kann nicht zu dir kommen", ruft Salvi. „Siehst du nicht den blauen Faden?"
Er springt und fliegt ein mächtiges Stück übers Land. Dort unten sitzt ein Frosch am Teich.
„Du bist ein Prinz!" ruft Salvi.
Der Frosch wackelt traurig mit dem dicken Kopf.
„Nein, ich bin nur ein Frosch."
Jetzt befindet sich Salvi über einer Stadt. Er sieht Plakate, die an langen Stangen befestigt sind, und aus dem größten Plakat treten die glücklichen Kinder heraus. Sie essen eine Riesenportion Eis mit Schlagsahne.
„Kennst du den?" fragt der Knabe.
Das Mädchen nickt.
„Komm herunter, Salvi Fünf. Ich gebe dir Eis."
Lachend hält sie die Waffel in die Luft. Das Eis wird groß wie ein Berg und hat eine Kuppe aus lauter Schlagsahne.
„Warte, ich komme."
Salvi rudert verzweifelt mit den Armen, doch je heftiger er sich bewegt, um so schneller hüpft und fliegt er in die Richtung, die der blaue Faden befiehlt.
Die Stadt versinkt. Salvi balanciert überm Meer. Er sieht die Bucht von Hunderteier und den Kirchturm. Dort auf dem schmalen Vorsprung liegt ihre Hütte. Die Mutter steigt mit dem Krug die steinige Gasse hinauf. Giulia steht am Zaun.
„Mamma, Salvi kommt."

„Hier bin ich, Mamma!“
Da kommt ihm auf dem Seil der alte Gaspare entgegen, und Salvi sieht nichts anderes mehr als ihn. Und er spürt, wie die Leichtigkeit, mit der er sich fortbewegt hat, dahinschwindet.
Der alte Gaspare trägt schwarze Lackschuhe in der Hand. Sein Gesicht ist ruhig und böse. Langsam setzt er Schritt vor Schritt, bis er dicht vor Salvi steht.
„Lassen Sie mich durch!“ sagt Salvi.
Der Alte rührt sich nicht. Dabei scheint er unaufhörlich zu wachsen.
„Warum hast du dir kein neues Hemd gekauft?“ fragt er.
„Ich hatte kein Geld, Signore.“
Der Alte lacht. Schaurig schallt das Echo. Er streckt die behaarte Hand nach Salvi aus.
„Komm mit!“
Salvi möchte den Kopf schütteln, kann sich aber nicht bewegen.
Da erhält er einen Stoß vor die Brust, verliert das Gleichgewicht und stürzt in die Tiefe.
„Mamma!“
Mit dem Schrei in den Ohren erwacht er. Es ist dunkel. Unter dem Herd raschelt es. Draußen rinnt der Regen. Salvi streckt sich auf seinem Lager aus und denkt, daß es besser ist, eine Nacht mit Ratten zu verbringen als zerschmettert im Abgrund zu liegen.
Bevor er einschläft, gehen ihm kleine, unnütze Gedanken durch den Kopf. Wie einfach wäre es doch, von Milano wieder nach Hunderteier zu kommen. Er brauchte nur zum Bahnhof zu gehen und im richtigen Moment in den richtigen Zug zu steigen. Zwanzig

Stunden später wäre er in Palermo, und von dort bis nach Hunderteier? Ein Katzensprung! Salvi lächelt. Natürlich denkt er nicht im Traum daran, nach Hunderteier zurückzukehren.
Durch die Ritzen der Bretterwand dringt kühle Luft. Salvi wälzt sich von einer Seite auf die andere. Seine Glieder sind steif vor Kälte. Nach Mitternacht sinkt er in einen unruhigen Schlaf.
Zwei Ratten huschen über das morsche Holz, heben witternd die spitzen Schnauzen und verschwinden.
Salvi erwacht und hört Glockengeläut. Nicht weit von hier muß eine Kirche stehen. Nah und fern tönen die Glocken. Die ganze Stadt ist davon erfüllt.
Salvi richtet sich mühsam auf. Die Brust und der Rücken schmerzen.
Ist heute Sonntag? Er rechnet nach und wundert sich, daß er erst fünf Tage unterwegs ist. Ja, es ist Sonntag! Überall läuten die Glocken, im ganzen Land, und man könnte meinen, zu Hause zu sein.
Salvi klappert mit den Zähnen und wirft sich aufs Lager zurück. Was er berührt, ist klebrig und feucht. Sein Kopf glüht, und auf der Stirn stehen dicke Schweißtropfen. Als er sie abwischt, merkt er, daß sein Arm ermattet. Die Mattigkeit kriecht durch alle Glieder, selbst seine Gedanken werden matt, bis eine Fieberwelle über seinen Körper fliegt.
Er hört die Glocken von Milano. Ihr Klang vervielfacht sich. Dumpf und erhaben dröhnen sie, wie eingesperrt, ganz anders als in Hunderteier. Dort fallen die Glockenschläge gleichsam in die Bucht und tönen mit ungewöhnlicher Lieblichkeit zwischen den Felsen weiter. Hier zersprengen sie an den Mauern und werden von der Feuchtigkeit verschluckt.

Reglos liegt Salvi auf seinem Lager ... Minuten? Stunden ...? Manchmal ist sein Verstand klar, und er weiß, daß er in einer Bretterbude ist und die Glocken von Milano hört.
Ein andermal glaubt er, gestorben zu sein und seinem eigenen Begräbnis beizuwohnen. Vier Droschkenkutscher mit schwarzen Zylindern tragen den Sarg, der mit Signor Vecchios Seidentüchern geschmückt ist, über die menschenleere Piazza zur Kathedrale. Salvi geht als einziger hinter seinem Sarg her. Er schämt sich des zerissenen Ärmels und sucht ihn zu verdecken. Die Droschkenkutscher stellen den Sarg vor dem Portal ab. „Bringt ihn herein!“ ruft Salvi.
„Es brennt!“ sagt eine Stimme.
Aus dem Portal schlagen Flammen. Plötzlich erscheint der Limonadenmann und rafft die Seidentücher überm Sarg zusammen...
Nach diesem Fiebertraum wird es dunkel um Salvi. Er erwacht aus bleischwerem Schlaf. Durch die Bretter scheint die Sonne. Er kriecht zum Herd und holt sich die zerissene Jacke. Ermattet von der Anstrengung sinkt er aufs Lager. Das Fieber hat nachgelassen, und die Schmerzen sind schwächer geworden.
Ich muß schlafen, denkt er. Schlafen...
Die Sonne wandert und leuchtet in den Schuppen hinein.
Vielleicht muß ich sterben?
Er rappelt sich hoch und taumelt zur Tür. In den Pfützen spiegeln sich Hunderte kleiner Sonnen, blitzend wie Fahrradklingeln. Hinter dem Zaun spaziert eine sonntäglich gekleidete Familie vorbei.

Der Wind fächelt ihm laue Luft zu. Es ist angenehm, die Wärme auf der Haut zu spüren. Er sinkt wieder aufs Lager und hofft, halb im Schlaf schon, daß er gesund erwachen wird.
Könnte er die Nacht erleben, würde er die Sterne am Himmel sehen. Die Luft ist mild und riecht nach Linden. Der Geruch kommt aus einer Waschküche, in der ein geschäftstüchtiger Familienvater mit Frau und Kindern Haarwasser braut.
Wenn Salvi die Nacht erleben könnte, würde er bis Mitternacht dumme, zärtliche Musik hören. Ein Musiker sitzt neben der Lampe und spielt auf der Ziehharmonika. Aus den Fenstern summt und singt das Leben der Straße und versickert im Dickicht der Nacht.
Aber Salvi weiß nichts von dem nächtlichen Treiben. Die große Stille kommt und geht. Es wird hell, und die erste Trambahn rumpelt durch die Straße.
Salvi erwacht und erinnert sich, daß er geglaubt hat, sterben zu müssen. Ist es Abend oder Morgen? Gern hätte er eine Tasse Hühnerbrühe getrunken und ein Stück Brot gegessen. Während er liegt und sinnt, bewegen sich seine Gedanken wunderbar leicht.
Addio, Milano!
So bald wie möglich will er die Stadt verlassen. Sie hat ihn enttäuscht. Wohin er geht, weiß er nicht. Nur weg von hier, irgendwohin, wo das Leben freundlicher ist.
Ein Mann hämmert gegen einen Kotflügel. Salvi bewegt die Arme und Beine. Er wirft den stinkenden Lumpen weg und steht auf. Er ist noch schwach, und die Schritte zur Tür kosten ihn Mühe.
Merkwürdig — die Sonne scheint! Ihm ist zumute, als wäre er nach wochenlanger Krankheit aufgestanden.

Die Erde ist gelb und rissig. Als seine Füße den Boden berühren, knickt er in den Knien ein. Sein Magen ist leer wie ein ausgehöhlter Kürbis.
Er geht um den Schrottberg und bleibt vor einem Handwagen stehen. Wenige Schritte weiter hämmert der Mann gegen einen Kotflügel, der noch zur Hälfte im Schrottberg steckt. Sein zerfurchtes Gesicht erinnert Salvi an Großvater Carducci.
,,Darf ich mich auf den Wagen setzen, Signore?"
Der Mann zieht ein kariertes Tuch aus der Tasche und wischt sich den Schweiß ab.
,,Setz dich", sagt er.
Salvi zeigt auf den Schuppen und sagt: ,,Dort habe ich geschlafen, Signore. Dann bin ich krank geworden. Und jetzt — bin ich hier."
Seine Zunge ist schwer, und er wundert sich, daß die Worte so leise klingen.
,,Wenn du krank bist, gehörst du ins Krankenhaus", sagte der Mann.
,,Ich bin schon wieder gesund, Signore, bloß — mächtigen Hunger hab ich."
,,Ich habe nichts bei mir."
,,Dann ... muß ... ich ... weg."
,,Bleib sitzen."
Salvi geht einige Schritte, greift in die Luft und sinkt zusammen. Der Mann hebt ihn auf und trägt ihn zum Handwagen.
,,Nicht ins Krankenhaus", murmelt Salvi.
Der Mann breitet einen Sack aus.
,,Soll sich die Polizei mit dir abplagen."
Salvi erschrickt.
,,Nein, Signore ... Sehen Sie, hier, ich hab einen Paß."

Mit zitternden Händen zerrt er den Brustbeutel aus dem Hemd. „Nehmen Sie ihn, Signore."
Der Mann deckt Salvi zu und hebt den Brustbeutel auf, der unter den Wagen gefallen ist. Kopfschüttelnd betrachtet er den Paß, wirft einen Blick auf Salvi, der mit geschlossenen Augen daliegt, und faltet den Zettel zusammen. Dann nimmt er die Deichsel des Wagens auf und fährt über den holprigen Weg zum Tor.
Als Salvi aus seiner Ohnmacht erwacht, befindet er sich in einem Zimmer. Mit einem roten Tuch zugedeckt, liegt er auf einem Sofa. Die Wände sind hell gestrichen. Es riecht nach frischer Farbe. Durch die Krone einer Akazie scheint die Sonne ins Zimmer. Salvi entsinnt sich, daß der alte Mann ihn zur Polizei bringen wollte.
Unter dem Fenster steht ein Schreibtisch, der mit Papieren bedeckt ist, rechts ein grüner Panzerschrank und in der Mitte ein Tisch mir vier Stühlen. Die Tür zum Nebenraum ist angelehnt. Salvi hört Stimmen.
Dem Fenster gegenüber hängt das Bild eines Mannes, der mit ernsten Augen auf Salvi herabsieht. Daneben ist mit Reißzwecken ein Plakat befestigt, auf dem das gleiche Zeichen wie in Salvis Paß zu sehen ist, nur größer und leuchtender, als Nicolo es gemalt hat.
Zwei Männer und eine Signorina treten ins Zimmer. Salvi erkennt den alten Mann, der ihn hierhergebracht hat. Der andere Mann ist jünger, etwa vierzig Jahre. Er hat schmale, forschende Augen und eine gebogene Nase. Von der Signorina bekommt Salvi nur einen flüchtigen Eindruck. Sie bewegt sich lebhaft und spricht mit zwitschernder Stimme.
Der alte Mann setzt den Hut auf.
„Ich muß wieder an meine Arbeit, Matteo."

Salvi beobachtet aus halbgeschlossenen Lidern, wie Matteo den Paß vom Schreibtisch nimmt.
„Hast du dir das Papierchen angesehen, Maria?"
Maria zuckt mit den Schultern.
„Sobald er aufwacht, muß er etwas zu essen kriegen."
„Geh zu Antonio!"
Salvi bewegt sich.
„Ich komme gleich zurück", sagt Maria.
Matteo tritt mit dem Paß an Salvis Lager.
„Gehört das dir?"
„Ja, Signore."
Matteo liest: „Paß für Salvatore Fünf, der das Glück sucht."
„Ein Armeleutepaß, Signore, kein Blendwerk der Hölle. Nicolo gab ihn mir."
„Wieso ‚Blendwerk der Hölle'?"
„Das hat Hochwürden gesagt."
Matteo legt die Hand auf Salvis Stirn. „Hast du Fieber?"
„Nein, Signore."
„‚Blendwerk der Hölle'? Unsinn! Es ist das einfache, verständliche Zeichen der Arbeiterwelt: Hammer und Sichel. Keiner kann es falsch verstehen ... Aber wer ist Nicolo?"
„Mein Schwager, Signore. Er kennt die schönsten Geschichten von Sizilien. Und einmal hat er ganz allein einen Schwertfisch harpuniert."
„Soso, ganz allein einen Schwertfisch."
Matteo wirft den Paß auf den Schreibtisch.
„Warten wir, bis du gegessen hast."
„Ich fühl mich überhaupt nicht mehr schwach."
„Hast du keinen Hunger?"

„Doch ... Aber ich möchte Ihnen alles erzählen.“
Matteo holt sich einen Stuhl. „Fang an.“
Salvi denkt zurück: Wann verspürte er zum erstenmal die Sehnsucht nach dem Fernen, Unbekannten ...? Wunderbar ist es, einen Zuhörer wie Matteo zu haben. Salvi vergißt nichts. Seine geheimsten Gedanken offenbart er. Und als er zu Ende ist, sieht er den Mann an seiner Seite an: Jetzt weißt du, wer ich bin. Sage mir, was ich tun soll. Matteo tritt ans Fenster. Seine kräftige Gestalt verdeckt die Sonne.
„Du bist ausgezogen, um das Glück zu suchen ...? Hätt ich Nicolo jetzt hier, würd ich ihm den Hintern versohlen ... Statt dir die Welt zu zeigen, wie sie ist ... Eine schöne Geschichte ... Und der Polizist hat dich laufen lassen? Hm, schon möglich. Vielleicht ahnt er, daß die Welt anders wird, und siehe, durch die Uniform kommt ein Stück Mensch zum Vorschein ... Verstehst du das? Nein, das verstehst du nicht, weil du nicht weißt, warum du hungrig bist.“
„Gibt es ein Land, in dem die Kinder glücklich sind?“ fragt Salvi.
„Natürlich gibt es so ein Land, sogar mehrere. Aber du kannst nicht einfach hinfahren und sagen: ‚Guten Tag, da bin ich, nun macht mich glücklich.‘“
„Warum nicht, Signore?“
Matteo setzt sich wieder. „Paß mal auf, mein Junge. Der Arbeiter liebt das Leben und die Freundlichkeit. Va bene! Wenn es ihm schlecht geht, dann klagt er nicht, weil ein Klagender nicht kämpfen kann. Und er zieht auch nicht los, um irgendwo in der Welt das Glück zu suchen ... Ich hoffe, du begreifst, worauf ich hinauswill?“
„Nein, Signore.“

„Mamma mia! Wie soll ich es dir erklären?"
Er schaut zur Tür.
„Wo nur Maria mit dem Essen bleibt ...? Da fällt mir eine Geschichte ein. Voriges Jahr war ich in Neapel bei meinem Bruder. Ich geh durch die Stadt und sehe, daß viele Arbeiter weiße Sonntagshemden anhaben, mitten in der Woche. Bei einem Glas Wasser sitzen sie in den Osterias. Arbeitslos! Sie hocken herum wie die Leichenbitter nach der Beerdigung.
Ich komme an einen Reklameturm, vor dem Menschen stehen und nach oben starren. Ein Mann klettert an den Steigeisen hoch und macht so halsbrecherische Kunststücke, daß man denken muß, er will sich aufs Pflaster stürzen.
Es dauert nicht lange, da hör ich Sirenen heulen. Die Feuerwehr und die Polizei kommen. Der Mann greift in die Tasche und wirft Zettel in die Luft. Neben mir wird eine Signorina ohnmächtig."
„Und was stand auf den Zetteln?" fragt Salvi.
„Gebt mir Arbeit, oder ich stürze mich hinab. Das stand darauf. Nur an sich hat er gedacht, genau wie du. Begreifst du jetzt, worauf ich hinauswill?"
„Er ist auf den Turm geklettert, und ich bin weggelaufen."
„Endlich hast du es kapiert", sagt Matteo.
„Bitte erzählen Sie weiter, Signore."
„Die Feuerwehrmänner leierten die Leiter hoch, und der Oberleutnant schrieb einen Brief, in dem er dem jungen Mann Arbeit versprach. Ein Feuerwehrmann brachte den Brief auf den Turm, und der Arbeitslose kletterte herunter. Kalkweiß im Gesicht, kam er unten an. Am anderen Tag stand sein Bild in den Zeitungen."

„Und hat er Arbeit bekommen?"
„Ja, aber eine Woche danach haben dreitausend Arbeiter ihre Sonntagshemden anziehen müssen. Es nützt nichts, auf den Turm zu klettern, mein Junge, und es nützt auch nichts, dem Glück nachzulaufen."
Maria steht mit einem Tablett in der Tür.
„Ach, Matteo", sagt sie. „Nun hast du dem armen Jungen eine Rede gehalten."
Matteo schmunzelt.
„Wir haben auf dich gewartet, Maria. Stimmt's, Salvi Fünf?"
Salvi hat nur noch Augen für die Speisen, die Maria vor ihn hinstellt. Er preßt die Schüssel an die Brust und löffelt hastig die Suppe aus.
Während er die Teller leerputzt, flüstert Maria mit Matteo. Salvi achtet nicht auf das Gespräch. Erst als er gesättigt ist, hört er, daß Maria und Matteo beraten, ob sie ihn der Polizei übergeben müssen.
„Gibt es keinen anderen Ausweg?" fragt Maria.
Matteo hebt unschlüssig die Schultern.
„Heute nacht könnte ich ihn noch unterbringen."
Salvi streckt sich auf dem Lager aus und deckt sich mit dem roten Tuch zu.
Dick und rund hat er sich gegessen. Jetzt ist er müde und macht sich keine Sorgen um den kommenden Tag.
„Hat's geschmeckt?" fragt Matteo.
„Mille grazie, Signore."
„Hast du ihn mit dem Fahnentuch zugedeckt, Matteo?" fragt Maria. „Schrecklich! Als wäre er aufgebahrt."
Sie kniet nieder und stellt die Schüsseln und Teller

aufs Tablett. Am besten wäre es, Salvi in ein Waschfaß zu stecken, sagt sie, unter dem Schmutz erkenne man kaum noch die Haut. Er brauche auch andere Kleidung. So könne man ihn unmöglich herumlaufen lassen . . .

Matteo sitzt in Gedanken versunken hinterm Schreibtisch, und Salvi ruht auf dem Sofa. Am liebsten würde er die ganze Nacht hier liegenbleiben.

„Fährt Fabiano morgen nach Verona?" fragt Matteo.

„Ja."

„Also gut. Fabiano soll den Jungen zu Giuseppe bringen."

Zu Giuseppe? denkt Salvi verwundert.

Es ist Abend geworden. Die Akazie vor dem Fenster hat schwarze Äste und kupferrote Blätter bekommen, und hinter den Dächern verbrennt die Sonne.

Santo, der Späher

Fabiano hält das Steuer des Lastwagens zwischen seinen kräftigen Händen. Er ist ein ernster Mann, der selten spricht. Neben ihm sitzt Salvi und schaut von oben herab auf die Autos, die den großen Wagen wie Hummeln und Bienen umschwirren.

Sie donnern durch schläfrige Ortschaften, über Flüsse und Kanäle. Auf einer Kreuzung biegen sie in die staubige Nebenstraße ein. Zwischen Stoppelfeldern liegen grüne Wiesen, auf denen Pappeln stehen und Kühe weiden. Im Hintergrund sind dunkle Hügel. Der Fahrer gibt Salvi einen Apfel und zündet sich eine Zigarette an.

„Kennen Sie Giuseppe?“ fragt Salvi.
Fabiano nickt. „Dort hinten wohnt er.“
„In der Kirche?“ fragt Salvi.
„Wirst es gleich sehen.“
Weiße Häuser drängen sich um einen Hügel, auf dem die Kirche steht. Ein Fluß schlängelt sich durch die Wiesen, und am jenseitigen Ufer liegt das Städtchen, zu dem das Dorf gehört.
Eine alte Steinbrücke überquert den Fluß. Fabiano hält neben der Schmiede, vor der ein Pferd beschlagen wird. Die Kirche und der Friedhof mit den beiden Zypressen liegen am Anfang, die Schmiede am Ende des Dorfes.
Fabiano springt aus dem Wagen. Den Motor läßt er laufen.
Der Schmied streckt den Rücken gerade. Er ist mittelgroß, sehr breit und hat einen roten Bart, dessen Enden herabhängen.
„Da bring ich jemand“, sagt Fabiano. „Matteo schickt ihn ... Und den Brief soll ich dir geben.“
Der Schmied wischt sich die Hände ab und nimmt den Brief. Fabiano klettert wieder in seine Kabine. Er läßt den Motor aufheulen, beschreibt einen Bogen ums Haus und fährt die Straße zurück, die er mit Salvi gekommen ist.
Der Schmied steckt den Brief ins Schurzfell und gibt dem Schimmel einen Klaps auf die Hinterbacke.
„Huß, Weißer, huß!“
Salvi beißt in den Apfel und schaut zu, wie das Pferd beschlagen wird. Sein Blick wandert in die dunkle Höhle der Werkstatt, wo ein rotes Feuer mit gelben und blauen Flämmchen lodert. Der rußgeschwärzte Geselle packt mit der Zange einen glühenden

Eisenstab und läßt den Hammer niedersausen. Die Schläge klingen über den Fluß.
„Matteo schickt dich?“ fragt der Schmied.
„Ja, Signore. Sind Sie Giuseppe?“
„Giuseppe kommt um drei.“
„Dann geh ich solange an den Fluß.“
„Warte“, knurrt der Schmied.
Das Wasser strudelt am Brückenpfeiler vorbei. Salvi wäre gern zum Ufer hinuntergegangen, denn was gibt es Schöneres, als einen Fluß fließen zu sehen? Die Strömung funkelt und lockt ihn.
Der Schmied nimmt ein schwarzes Futteral aus der Tasche, setzt sich eine Nickelbrille auf die Nasenspitze und liest Matteos Brief. Zwischendurch wirft er Salvi einen prüfenden Blick zu.
„So ist das“, sagt er.
„Ja, Signore.“
„Geh in die Küche. Dort steht Brot, und im Schrank liegt Schinken. Schneide dir ab, was du brauchst.“
Das Haus ist niedrig und breit und hat ein dickes Schilfdach. Drinnen ist es angenehm kühl. In der Küche steht ein Tisch mit zwei Stühlen, ein Herd steht dort und ein Schrank, der beinahe so hoch wie die Küche ist. Salvi schneidet sich Brot und Schinken ab und ißt. Er hat noch nie so zarten Schinken gegessen. Der Geschmack bleibt ihm lange auf der Zunge.
Neben dem Fenster hängt eine Uhr, die laut tickt. Salvi wartet, bis der große Zeiger um das Zifferblatt gekreist ist, dann wird es ihm zu langweilig. Er stiehlt sich aus dem Haus zum Ufer und setzt sich unter die Brücke. Hier ist es schattig. Und es riecht nach dem Fluß. Er beobachtet das Ineinandergehen und Quirlen

der Strudel. Der Brückenpfeiler ist schimmelig wie ein uralter Turm. Nichts ist zu hören als das gefährliche Rauschen. Und die Hammerschläge aus der Schmiede.

Während er ins Wasser starrt, kommt es ihm vor, als wimmele das Flußbett von braunen Schlangen, die von der Strömung weggetragen werden. Die Sonne verkriecht sich, und ein Gewitterregen prasselt hernieder, begleitet von Blitz und Donner.

Die letzten Tropfen, die in den Fluß klatschen, gleichen glitzernden Glaskugeln. Der Fluß und das Land und der schimmelige Brückenpfeiler sind blank gewaschen. Über der Wiese auf dem anderen Ufer liegt ein schwaches Glänzen, und das Gefieder der Gänse, die zum Fluß wackeln, ist schneeweiß. Wenn ich hineinspringe und mit dem Strom schwimme, komm ich eines Tages ans Meer, denkt Salvi. Wäre es nicht besser, still und heimlich zu verschwinden?

Da hört er Stimmen und sieht einen Kahn mit Jungen und Mädchen. Im Heck steht ein junger Mann, der mit einer langen Stange zum Ufer stakt. Salvi versteckt sich im Brückenbogen. Der Kahn landet, und die Kinder, vier Jungen und zwei Mädchen, springen ans Ufer.

Der junge Mann legt die Stange in den Kahn und befestigt ihn mit einer Kette, die er mehrfach um einen Pfahl windet. Wie Salvi aus den Zurufen hört, heißt er Giuseppe. Salvi tritt aus dem Brückenbogen und bleibt abwartend stehen. Aber die Kinder beachten ihn nicht. Sie scharen sich um Giuseppe und und bestürmen ihn mit Fragen:

„Wann geht's los, Giuseppe?“

„Hast du schon die Papiere, Giuseppe?“

,,Und was wird mit Antonio?" fragt ein Mädchen.
,,Fliegen wir wirklich mit dem Flugzeug, Giuseppe?"
,,Du, Giuseppe, es wird doch nicht etwa abstürzen?"
Salvi horcht auf. Mamma mia, mit dem Flugzeug wollen sie fliegen? Er geht einen Schritt näher heran. Seine abstehenden Ohren glühen vor Eifer.
,,Übermorgen zehn Uhr dreißig ab Milano", sagt Giuseppe.
,,Und was wird mit Antonio?" fragt das Mädchen zum zweiten Mal.
,,Er ist krank, Lucia. Er wird hierbleiben müssen."
,,Verzeihung, Signore", sagt Salvi. ,,Sind sie Giuseppe von der Schmiede?"
Das Gespräch verstummt, und alle Augen richten sich auf Salvi. Ein Junge bricht in Lachen aus und sagt: ,,Was willst du denn hier?"
,,Ja, ich bin Giuseppe von der Schmiede", sagt der junge Mann.
,,Ich heiße Salvi Fünf, Signore; Matteo schick mich."
,,Matteo?"
,,Signor Matteo aus Milano. Sie möchten mich aufpäppeln."
Die Jungen und Mädchen schauen sich ratlos an.
,,Meine Herrn", sagt der stämmige Junge. ,,Der ist vielleicht putzig."
,,Ist es wirklich wahr, daß ihr mit dem Flugzeug fliegt?" fragt Salvi.
,,Klar, aber was geht das dich an?"
,,Ich würde gern mitfliegen."
,,Hast wohl 'n Piep?" fragt der Junge.

Breitbeinig steht er im Sand, und Salvi denkt, daß es nicht leicht wäre, mit ihm fertig zu werden. Er müßte Kniffe anwenden, die er von Nicolo gelernt hat. Giuseppe schiebt den Jungen beiseite.
„Welchen Matteo meinst du eigentlich? In Milano gibt's nämlich eine ganze Menge davon. Aber mach uns keinen faulen Zauber vor, verstanden?"
„Bestimmt nicht, Signore."
„Sag nicht dauernd Signore. Ich heiße Giuseppe."
Die Kinder tuscheln miteinander. Der Fluß rauscht. Ein Wagen rumpelt über die Brücke, und die Gänse am anderen Ufer schweben flügelschlagend ein Stück über die Wiese. „Vielleicht ist er ein Spionierer", wispert das kleinere der beiden Mädchen und schaut Salvi mit runden Augen an.
„Lucia!" mahnt Giuseppe.
Und Salvi sagt: „Ich bin kein Spionierer. Matteo hat mir einen Brief mitgegeben. Den hat der Schmied gelesen; dann hat der mich in die Küche geschickt, und ich hab Brot und Schinken gegessen."
„Und wie bist du hierhergekommen?"
„Fabiano hat mich gebracht, mit dem Auto."
„So. Aha! Genosse Matteo schickt dich." Giuseppe dreht sich zu den anderen um. „Dann scheint es ja in Ordnung zu sein, nicht wahr?"
„Erst sehn, ob das stimmt mit dem Brief", sagt der stämmige Junge.
„Und was drinsteht", wirft Lucia ein.
„Gut, gehn wir zu meinem Vater."
Der Schmied steht in der Tür. Seine scharfen Augen entdecken Salvi zwischen den Kindern. „Da bist du ja. Ich dachte schon, du hättest dich aus dem Staub gemacht."

„Ich war unten am Fluß, Signore."
Hinter dem Haus liegt der Obstgarten mit Pfirsichen, Äpfeln, Birnen, Pflaumen und Aprikosen. Die Bäume stehen auf einer Wiese, die mit Löwenzahn und Gänseblumen übersät ist. Um den Zaun rankt sich Himbeergestrüpp.
Sie setzen sich in den Schatten eines Apfelbaums. Giuseppe lehnt am Stamm und liest den Brief. Salvi hält sich etwas abseits. Es geht ihm nicht aus dem Kopf, daß die Kinder mit dem Flugzeug fliegen wollen.
Giuseppe läßt den Brief sinken.
„Eine tolle Geschichte", sagt er.
In die Stille klingen die Hammerschläge aus der Schmiede. Grashüpfer segeln über die Halme, und in den Bäumen rumoren Vögel. Jedes Geräusch hat seine besondere Bedeutung.
Giuseppe wink Salvi heran.
„Das ist Salvi Fünf. Man hat ihn halbverhungert zu Genossen Matteo gebracht. Im Brief steht, daß wir ihn aufpäppeln sollen ... Was machen wir nun?"
„Putzig", sagt der kräftige Junge.
„Er ist durchgebrannt und kommt aus Sizilien."
Der Junge kratzt sich den Kopf. Sein dichtes, blondes Haar fällt ihm über die Stirn.
„Meine Herrn — von Sizilien?"
„Wie kommst'n da nach Milano?" fragt ein anderer Junge.
„Bist du getippelt?"
„... lange bist'n schon weg?"
„Moment", sagt Giuseppe. „Stellen wir uns erst einmal vor, damit er weiß, wer wir sind."
„Richtig", sagt der kräftige Junge. „Ich heiße Pino

und bin der Kulturleiter.“
„Pino oder der Rote Adler“, ruft einer dazwischen.
„Und ich heiße Lucia“, sagt die Zierliche. „Wir sind Pioniere.“
„Spioniere?“ fragt Salvi verwundert.
„Mensch, sag das nicht noch mal!“ droht der Rote Adler.
Giuseppe mahnt zur Ruhe. „Kennst du keine Pioniere?“ fragt er.
Salvi schüttelt den Kopf.
„Das kannste uns nicht vormachen. Pioniere gibt's in der ganzen Welt.“
„In Hunderteier nicht.“
„Was'n das wieder — Hunderteier?“ fragt der Rote Adler.
Giuseppe lacht und meint, es wäre am besten, Salvi erzählt ihnen seine Geschichte von Anfang bis Ende.
Die Pioniere sind einverstanden, aber Agrippina, das größere der beiden Mädchen, möchte gern nach Hause gehen. Sie hat vier Geschwister zu versorgen. Manchmal helfen ihr die Freunde, aber heute hat jeder mit den Reisevorbereitungen zu tun; und wäre nicht der sizilianische Junge dazwischengekommen, hätte sie sich längst verabschiedet.
„Bleib noch'n Moment hier“, sagte der Rote Adler. „Ich komm nachher mit vorbei, hacke'n bißchen Holz.“ Er hustet.
„Aber wenn was passiert?“
„Quatsch!“
Agrippina setzt sich zögernd ins Gras.
„Nun mach'n bißchen fix“, drängt der Rote Adler.
Salvi erzählt. Die Aufmerksamkeit in den Gesichtern

beflügelt seine Phantasie, aber als er von dem Verrat an Francesco berichtet, spürt er den Unwillen der Jungen und Mädchen. Seine Sätze werden holprig, und er fängt sich erst wieder, als er die Fahrt von San Giovanni nach Milano schildert.

„Klingt wie'n Märchen", sagt der Rote Adler. „Schwindeln tust du doch nicht, was?"

„Ich schwindele nicht."

„Und das mit dem Blinden war'ne Schweinerei."

Salvis Wangen brennen.

„Das war'ne Schweinerei", murmelt er.

„'ne große", fährt der Rote Adler unerbittlich fort.

„'ne große."

„Pioniere machen so was nicht", erklärt Lucia.

„Aber sonst — 'ne tolle Kiste? Machste nicht wieder, was? Meine Herrn, von Sizilien bis hierher ... Mut haste, das muß man dir lassen."

„Seht nur, wie begeistert er ist", sagt Giuseppe.

„Klar", erwidert der Rote Adler. „Ist doch 'ne Leistung — ohne Geld durch ganz Italien. Erkenn ich an. Was gut ist, ist gut; und was schlecht ist, ist schlecht."

Es entspinnt sich ein Streit. Salvi wartet, bis eine Pause eintritt. „Wohin fliegt ihr eigentlich?" fragt er.

„Nach Deutschland."

„Deutschland? Ist das ein Land, wo die Kinder glücklich ... ich meine, gibt es dort Kinder, die in Zelten schlafen und von einem Jungen mit einer goldenen Trompete geweckt werden? Da würd ich gern mitkommen."

„Meine Herrn, wo hast'n das wieder her?" fragt der Rote Adler.

„Im Film hab ich's gesehn. Die hatten sogar ein Segelschiff. Abends saßen sie am Feuer und sangen Lieder."

„Die Trompete war aus Messing", erklärt Giuseppe.

„Gold ist nicht so wichtig."

„Nehmt ihr mich mit?" fragt Salvi.

„Nee. Geht nicht!"

„Still!" ruft Agrippina. „Hört ihr nichts?"

Ein gellender Kinderschrei durchbricht die Stille. Agrippina springt auf und jagt durch den Garten.

„Marina ...! Hilfe! Helft mir ...! Marina!"

Sie rennt zum Fluß hinunter. Ihre Haare fliegen. Giuseppe, Salvi, der Rote Adler und die anderen Kinder hasten ihr nach. Lucia stolpert über einen Stein und stürzt. Ihr linkes Knie blutet. Schnell rafft sie sich wieder auf und humpelt hinterher.

Agrippina rennt am Ufer hin und her und schreit in Todesangst den Namen ihrer Schwester Marina, die vom Bootssteg ins Wasser gefallen und durch die Strömung an den Brückenpfeiler getrieben worden ist. Sie klammert sich an einem Stein fest und versucht, sich auf den Sockel hinaufzuziehen. Aber die Arme der Siebenjährigen sind zu schwach. Das lehmige Wasser gurgelt um die Schultern der Kleinen, die tiefer und tiefer sinken, bis nur noch der Kopf mit dem vorgereckten Kinn und die Hände herausragen.

„Festhalten, Marina!"

Giuseppe und die Jungen springen in weiten Sätzen zum Kahn; und während Giuseppe an der Kette zerrt, greift der Rote Adler nach der Stange und stößt sie in den Sand.

Um diese nachmittägliche Stunde fährt kein Wagen

über die Brücke, kein Angler sitzt am Ufer, und kein Boot treibt den Fluß hinab. Das Dorf schlummert unter der Sonne, die die Erde ausdörrt. Und in die Verlorenheit fallen die Doppelschläge der Schmiede.

Lange Sekunden vergehen, ehe der Kahn in den Fluß hineinstößt, Sekunden, die an den Kräften der Ertrinkenden zehren. Das Wasser fließt ihr in den Mund und schlägt über dem Haar zusammen. Jetzt lösen sich die Hände. Schrecklich ist es zu sehen, wie die Finger sich kraftlos öffnen, wie der Körper in den Sog gerissen wird, neben dem Pfeiler noch einmal auftaucht und dann verschlungen wird.

Salvi ist inzwischen stromabwärts gelaufen. Etwa hundert Schritte von der Brücke steht er bis zu den Knien im Wasser und beobachtet den Brückenpfeiler. Dunkel erinnert er sich an eine Sage. Er, Salvi, der das Meer und die Ströme kennt, wird die Kleine retten. Seht nur, steht er nicht wie der Späher Santo im Fluß? Ja, er ist Santo, der Hüter des Lebens, der die Fischer vor den Unterirdischen warnt.

Seine Blicke gleiten über die schmatzenden Strudel. Ihn schaudert. Er sieht den Kahn, der gleich einem Sarg durchs Wasser schaukelt, hört die Schreckensschreie der Mädchen, und er sieht, wie das Menschenbündel neben dem Pfeiler in die Tiefe gerissen wird.

Plötzlich ist er nicht mehr Santo, der Späher, sondern nur noch Salvi, von Zweifeln und Angst gequält.

Wird es gelingen, die Ertrinkende zu retten?

Was aber, wenn das Mädchen nicht wieder auftaucht?

Er hört die Strömung rauschen und erlebt die Land-

schaft mit schmerzlicher Klarheit. Der Fluß hat ein uraltes Gesicht, das von Abgründen und Narben zerklüftet ist, zwischen denen irgendwo die Ertrinkende treibt. Der Fluß ist anders als das Meer in der Bucht von Hunderteier. Das Meer steht still, und der Fluß fließt. Der Fluß ist tückisch und unberechenbar.

Vielleicht ist das Mädchen schon vorbeigetrieben?

Salvi zählt: „Eins, zwei, drei..."

Und wie er die Zeit in Zahlen zerlegt, denkt er: Bei zehn stürze ich mich ins Wasser. Er steht bis zu den Knien im Fluß. Nichts entgeht seinen spähenden Blicken. Was getan werden muß, tut er. Es gibt keinen Zweifel mehr.

Der Kahn nähert sich. Giuseppe stakt aus Leibeskräften. Der Rote Adler steht im Bug und sucht das Wasser ab.

Salvi sieht Agrippina mit den Jungen am Ufer entlanglaufen. Das Blickfeld seiner Augen ist groß. Wenn noch keiner die Rauchfahne eines Schiffes am Horizont entdeckte, hatte Salvi sie schon gesehen.

„Da ist sie!" ruft der Rote Adler.

Salvi sieht den Haarschopf des Mädchens und die Hände, die übers Wasser in die leere Luft greifen und wieder versinken. Er wirft sich in den Fluß und schwimmt schräg gegen die Strömung. In der Mitte sieht er den Kopf ein zweites Mal auftauchen, diesmal ganz in seiner Nähe. Er schwimmt und taucht. Das Wasser ist gelb, er kann nichts sehen, spürt aber etwas an sich vorbeiwehen. Sofort packt er zu und greift in die Haare des Mädchens.

Seine Füße sinken auf den sandigen Grund. Er stößt sich ab und zieht die Kleine an die Oberfläche. Sie

wehrt sich in ihrer Todesfurcht; und es ist nicht leicht, sie zu bändigen. Salvi legt sich auf den Rücken, krallt die Finger um das Kinn des Mädchens und läßt sich abwärts treiben. Giuseppe stakt mit dem Kahn auf ihn zu, und der Rote Adler streckt ihm die Hände hin.
Am Ufer steht eine Pappel. Ein alter Mann kommt. Er trägt eine Blechbüchse mit Würmern und eine Angelrute und einen Sack aus Segeltuch. Neben dem Kahn bleibt er stehen und mustert die Gruppe der Kinder.
„Was gibt's, Giuseppe?"
Die Kinder schweigen.
„Nichts, Gevatter", sagt Giuseppe.
Der Alte blinzelt mit seinen rotgeränderten Augen.
„Warum siehst du so blaß aus, Marina?" fragt er die Kleine, die im Schatten sitzt. „Mir war's, als hätt ich 'nen Schrei gehört."
„Der Schreck, Gevatter. Sie war uns ins Wasser gefallen."
Der Alte schaut über den Fluß.
„Er hat schon manchen verschlungen. Ich geh jetzt angeln."
„Viel Erfolg, Gevatter."
Der alte Mann geht.
„Hoffentlich schwätzt er nicht", sagt Giuseppe.
Der Rote Adler beugt sich über Agrippina.
„Niemand wird etwas davon erfahren", raunt er der Schluchzenden ins Ohr.
Auf der Wiese liegen Hose und Hemd und ein gelbes Kleidchen zum Trocknen. Marina bohrt sich in der Nase. Salvi sitzt am Ufer. Es ist wie vorher, und doch ist es anders. Der Rote Adler hat ihm seine neue Badehose geschenkt.

Die Sachen trocknen schnell, denn der Himmel ist wie ein Backofen. Bis in den letzten Winkel strahlt die Sonne. Zwischen dem Schrei der kleinen Marina und ihrer Rettung liegen nur zwei Minuten. So schnell strömt der Fluß nach dem Gewitterregen. Salvi wirft einen Kieselstein ins Wasser. Es ist wie vorher, und doch ist es anders.

„Heißt du nicht zufällig Antonio?" fragt der Rote Adler.

„Nein, nein. Ich heiße Salvi. Wirklich."

Der Rote Adler kneift das linke Auge zu.

„Mir geht was durch den Kopf."

Als Salvi sich anzieht, redet der Rote Adler beschwörend auf Giuseppe ein. Giuseppe wehrt ab und schüttelt den Kopf.

Die Kinder gehen zur Brücke, und Giuseppe stakt den Kahn zum Anlegeplatz. Marina hat den Arm um ihre Schwester gelegt. Sie wagt es nicht, über den Fluß zu schauen. Er ist ihr unheimlich geworden. Nachts wird sie von ihm träumen.

Lucia humpelt neben Salvi.

„Daß du keine Angst hattest", sagt sie bewundernd.

Salvi lächelt. Beschwingt schreitet er über den Ufersand.

„Ich wohne am Meer."

„Trotzdem . . . Es war eine echte Pioniertat."

„War es", sagt der Rote Adler. „Habt ihr gesehn, wie er sich ins Wasser gestürzt hat? Das muß doch belohnt werden, was?"

Die Kinder stimmen ihm zu, und Lucia meint, sie sollten Salvi den Fußball schenken, den sie sich vor kurzem gekauft haben.

Salvi wehrt ab.
Der Rote Adler schaut auf Giuseppe, der den Kahn befestigt.
,,Dann hast du wohl keine Lust, mit uns nach Deutschland zu fliegen?"
Salvi errötet vor Freude.
,,Doch, das wär herrlich."
,,Könnte er nicht für Antonio fahren?" fragt der Rote Adler.
Es gibt niemanden, der dagegen wäre. Selbst Domenico, der Schweiger, der lieber auf der Gitarre spielt als spricht, hält eine kurze Rede: ,,Verdient hat er's, ist klar. Antonio ist krank, schade, wird nicht gesund, bin bei ihm gewesen ... Giuseppe macht nicht mit, ist klar. Was nun?"
,,Hast recht, Giuseppe macht nicht mit", sagt der Rote Adler mit gedämpfter Stimme. ,,Aber ich hab 'nen feinen Plan."
Der Abend kommt. Das Feuer in der Schmiede ist erloschen. Es riecht nach Schlacke und Eisen. Salvi sitzt mit dem Schmied und Giuseppe beim Essen. Da klopft es. Lucia tritt ein und wünscht Giuseppe in einer dringenden Angelegenheit zu sprechen.
Giuseppe geht hinaus und kommt bald wieder zurück. Schweigend verzehrt er sein Abendessen.
Nach einer Viertelstunde klopft es zum zweiten Mal. Diesmal ist es Domenico, der Schweiger. Er druckst in der Tür herum und erklärt schließlich, Giuseppe unter vier Augen sprechen zu müssen.
Es klopft noch zehnmal an diesem Abend, und alle Kinder kommen in der gleichen dringenden Angelegenheit: Giuseppe zu bitten, Salvi an Stelle des erkrankten Antonio mitzunehmen.

Giuseppe zürnt, lacht, schimpft, schweigt, tobt und redet wie ein Advokat, um die Bittsteller zur Vernunft zu bringen. Und als zum Schluß Agrippina kommt, ist er schon ganz müde vom vielen Reden.
,,Was hat er gesagt?" fragt der Rote Adler, der an der Brücke wartet.
,,Ich soll mich zum Teufel scheren."
,,Und wie hat er ausgesehn? Ich meine — war er wütend oder hat er gelacht?"
,,Ich glaub, er war wütend. Aber gelacht hat er auch."
,,Dann klappt es", sagt der Rote Adler. ,,Gute Nacht, Agrippina. Schlaf schön."
,,Gute Nacht, Pino. Du auch."

Über den Wolken

Ist es ein Traum? Nein, es ist Wirklichkeit: Salvi hat Flügel bekommen. Sie sind ihm nicht etwa aus den Schultern gewachsen, doch wenn er durchs Fenster blickt, erkennt er eine mächtige Schwinge und hört die Propeller sausen.
Siehst du den grünen See dort unten, die Berge, die weiße Spielzeugstadt mit Menschen, klein wie Hühner, mit Dampfern und Booten, nicht größer als ins Wasser gefallene Blätter? Und spürst du, wie das Flugzeug höher und immer höher steigt? Mit einemmal stößt du wie ein einsamer Adler durch die Wolken in den stahlblauen Weltenraum. Jetzt schwebst du über eine riesige Wolldecke hin, in die du dich hineinstürzen möchtest, so weich und flockig und blütenweiß ist sie. Aber die Fenster sind dafür

zu klein. Außerdem bringt dir die Stewardeß ein gebratenes Hähnchen. Und während du kostest, merkst du wieder, daß du ein Mensch bist, und freust dich.

Salvi sitzt neben dem Schweiger Domenico. Hinter ihnen sitzen Giuseppe und der Rote Adler, vor ihnen die anderen Jungen und Mädchen. Sie sind von Milano bis Zürich mit dem Zug gefahren, haben im Flughafen Limonade getrunken und sind in das Flugzeug nach Prag eingestiegen.

An der Schweizer Grenze war Giuseppes Stirn mit Schweißperlen bedeckt gewesen, und seine Stimme hatte brüchig geklungen, aber die Kontrolle war ohne Schwierigkeiten vorübergegangen.

Der Fischerjunge Salvi Fünf hat sich in den Pionier Antonio verwandelt. Er hat Schuhe und Strümpfe bekommen, eine neue Hose und ein Hemd und trägt wie seine Freunde ein rotes Pioniertuch mit den Farben der Trikolore: Grün-Weiß-Rot. Alles, was er sich wünschte, hat er bekommen.

Er schwebt über den Wolken und knabbert an einer Hähnchenkeule. Und die Sonne strahlt in alle Himmelsecken. Kaum hat er die Platte leer gegessen, stellt die Stewardeß ihm Kakao und Torte hin. Salvi hat das Gefühl, den Faden, der ihn an sein armseliges Leben band, endgültig zerrissen zu haben.

Manchmal ist ein Guckloch in der Wolkendecke, durch das er die Äcker und Wiesen sieht. Viertausend Meter zeigt der Höhenmesser. Die Berge sind nicht größer als Ameisenhügel und die Landstraße nicht dicker als Regenwürmer.

Plötzlich treiben Nebelfetzen an den Fenstern vorbei und verdecken ihm die Sicht. Das Flugzeug stuckert

und hopst über unsichtbare Hindernisse, und das Motorengeräusch dröhnt ganz sonderbar in den Ohren. Salvi spannt die Muskeln an und hält sich an der Sessellehne fest.
„Stürzen wir ab?"
„Luftlöcher", sagt Domenico.
Eine halbe Stunde etwa schlingern sie durch diesigen Nebel, dann scheint wieder die Sonne, und sie sehen den Schatten des Flugzeugs die Felder streifen.
Salvi lehnt sich zurück und spielt mit dem Knopf der Ventilation. Erwartung ist in ihm, aber auch Angst, weil eine immer größer werdende Entfernung ihn von Sizilien trennt. Er schaut durchs Fenster. An manchen Tagen war das Meer in der Bucht so rein wie der Himmel, der ihn hier umgibt.
Was würde Nicolo sagen, wenn er ihn im Flugzeug sitzen sähe? Oder die Mutter ...? Über sein Gesicht fliegt ein Schatten.
Die Mutter weiß, daß es mir gut geht, tröstet er sich. Matteo hat ihr aus Milano ein Telegramm geschickt. Und Giuseppe hat ihr einen Brief geschrieben.
Der Heimwehschmerz ritzt ihn wie die flüchtige Berührung mit dem Stachel eines Feigenkaktus. Es tut weh und geht vorüber; denn seht, dort steigt Prag, die Stadt an der Moldau, aus der Ebene.
„Bitte schnallen Sie sich fest, meine Damen und Herren!"
Plötzlich strebt die Tragfläche steil nach oben, und vor Salvis Augen dreht sich die Stadt wie auf einer rotierenden Scheibe vorbei. Salvi schließt die Lider, und als er sie wieder öffnet, gleitet das Flugzeug über freies Feld und senkt sich auf die Rollbahn. Die Räder berühren den Boden. Eine Staubwolke wirbelt auf.

Die Grashalme rechts und links ducken sich unter dem sausenden Luftzug der Propeller.
Auf Salvis Ohren lastet ein dumpfer Druck. Ihn fröstelt, als er die Gangway hinuntersteigt. Der Wind fegt über den Flugplatz, und die prahlerische Sonne kann gegen ihn nichts ausrichten.
Im Restaurant ist es warm und freundlich. Die Leute hören den Gesprächen der Pioniere zu, und der Kellner bringt Tee, den der dicke Herr in der Ecke bezahlt hat.
Salvi läßt die Zuckerstückchen ins Glas plumpsen. Giuseppe stützt den Kopf in die Hand und spielt mit dem Teebeutel, der an einem Faden im Wasser hängt. Der Rote Adler bewundert die Puppen und die geschliffenen Kristallvasen.
„Tolles Restaurant ... Und der Flug! Meine Herrn, wie die Sonne wegging, dacht ich, die Welt geht unter, was, Antonio?“
Salvi rührt im Glas herum.
„Sag lieber Salvi zu mir.“
Der Rote Adler runzelt ärgerlich die Stirn.
„Wo denkst du hin? An der Grenze, da hab ich vielleicht geschwitzt, was, Giuseppe, da haben wir geschwitzt, an der Grenze ... Mach uns bloß keine Sperenzchen! Antonio heißt du, capito?“
Giuseppe läßt den Teebeutel auf und nieder steigen.
„Ist 'ne notwendige Maßnahme, das mußt du doch einsehen“, erklärt der Rote Adler. „Siehst du ein, was?“
„Ja ... Bloß, weil du mir gestern gesagt hast: ‚Pioniere lügen nicht.‘“
„Was? Ach so! Klar, hab ich gesagt. Stimmt auch ... Aber ist das vielleicht 'ne richtige Lüge?“

Der Rote Adler setzt sich in Positur, und wenn jemand geglaubt hat, er wäre verlegen, so ist das ein Irrtum gewesen.
„War Antonio einverstanden oder nicht?“ fragt er.
„Antonio war einverstanden.“
„Na also. Und was hat er getan? Er hat dir seinen Namen geborgt. Das ist die reine Wahrheit. Schlag mich tot, wenn da ’ne Spur von Lüge ist. In drei Wochen gibst du ihm seinen Namen zurück, und alles hat seine Richtigkeit.“
Salvi ist über das Kunststück, eine Lüge im Handumdrehen in Wahrheit zu verwandeln, ein wenig erstaunt. Aber eigentlich ist er froh. Er schaut den Roten Adler an und lächelt. Der Rote Adler kneift das linke Auge zu und lächelt zurück.
„Schmeckt’s, Antonio?“ fragt er.
Da schlägt Giuseppe auf den Tisch, daß der Tee aus den Gläsern schwappt.
„Schluß mit dem Schwindel! In Berlin sag ich die Wahrheit.“
„Gestatten Sie, daß ich Platz nehme?“ fragt der dicke Herr, der den Tee bezahlt hat. Sein Italienisch klingt etwas wunderlich. Er erzählt, er käme aus Budapest und wäre schon einige Male in Rom gewesen. Wenn er lacht, bewegt sich sein schwarzer Schnurrbart wie eine Schuhbürste hin und her. Seine beiden Jungen wären auch Pioniere, und Lajos, der ältere, wäre schon oft mit der Pioniereisenbahn von Buda nach dem Kühlen Tal gefahren und hätte die Fahrkarten geknipst.
Salvi schlürft nachdenklich den Tee. Er hört die Stimmen der Jungen und Mädchen, die er liebgewonnen hat.

Nicolo hat ihm gesagt, daß die Flugplätze streng bewacht würden. Alle fünf Schritte stehe ein Soldat mit einer Maschinenpistole. Selbst wenn er winziger als eine Maus wäre, käme er nicht durch. Trotzdem — er muß es versuchen!
Er steht auf. Niemand scheint auf ihn zu achten. Plötzlich jedoch sieht er das Gesicht des freundlichen Herrn vor sich und hört ihn fragen: „Wie heißt du?"
Schluß mit dem Schwindel! denkt Salvi.
„Salvatore Fünf, Signore."
Giuseppe legt den Arm um Salvis Schultern.
„Ein tapferer Junge, Signore. Er hat einem Mädchen das Leben gerettet."
„Und beinahe wär er dabei ertrunken", sagt der Rote Adler.
„Nun setz dich wieder, Antonio."
„Je länger ich ihn anschaue, um so mehr gleicht er meinem Feri", sagt der Herr aus Budapest. „Aber wie heißt du wirklich, Salvatore oder Antonio?"
„Er hat einen Doppelnamen, Signore", sagt Giuseppe lächelnd.
Domenico nimmt seine Gitarre aus dem Futteral und stimmt ein Liedchen an. So vergeht die Zeit, bis der Lautsprecher das Flugzeug nach Berlin ankündigt.
Der Wind hat sich gelegt, und im Gras zirpen Grillen. Eine Handbreit überm Horizont steht die Sonne. Das Land ist eben, und es gibt keine Grenzen für die einzigartige Stille, die sich nach allen Seiten ausbreitet.
Die Stewardeß trippelt über den Beton zur Gangway, gefolgt von der Schar ihrer Fluggäste. Aus der Sonne kommt der schwarze Schatten eines Aeroplans. Sein

tiefes Summen schwingt in der Luft. Salvis Blickfeld wird durch nichts eingeengt; er überzeugt sich, daß weit und breit kein Soldat mit einer Maschinenpistole steht.
Ob Nicolo gelogen hat? Vielleicht stimmt es auch gar nicht, daß er ganz allein einen Schwertfisch harpuniert hat? Zum ersten Mal kommen Salvi ernste Zweifel. Sollten die Leute recht gehabt haben, die behaupteten, der Schwertfisch hätte schon gestunken, als Nicolo ihn an Land zog?
,,Weißt du, was vor fünfhundert Jahren geschah?" fragt Giuseppe, der neben Salvi geht.
,,Nein."
,,Kolumbus entdeckte die Neue Welt, und unser Landsmann Amerigo Vespucci gab ihr seinen Namen, wie Antonio dir seinen gegeben hat. Aber mach dir keine Sorgen mehr, Salvi, und halte die Augen offen wie der Entdecker Kolumbus, der übrigens auch ein Italiener gewesen ist. Ich nehme an, es gibt 'ne ganze Menge zu entdecken für uns; denn inzwischen ist die Neue Welt die Alte und die Alte die Neue Welt geworden. Und es liegt kein Ozean mehr zwischen beiden, sondern nur noch ein schmaler Streifen Land, über den du hinwegspringen kannst."
Giuseppe lächelt in sich hinein.
,,Was erzähl ich dir da? Steig ein, Salvi. Bald sind wir am Ziel."
,,Und ich dachte, du wolltest, daß ich weggehe."
,,Nein, nein ... Schon gut."
,,Dann fliegen wir jetzt in die Neue Welt?"
,,Ja ... Das heißt, eigentlich sind wir schon drin, bloß beim Fliegen merkst du es nicht so genau."
,,Ob es wieder ein gebratenes Hähnchen gibt?"

,,Diesmal nicht, Salvi."
,,Ich würd auch keinen Bissen mehr runterkriegen."
Der Rote Adler hat für Salvi den Platz neben sich frei gehalten. Während das Flugzeug über die Startbahn braust, verteilt die Stewardeß Bonbons, die in buntes Papier eingewickelt sind. ,,Nimm ruhig 'n paar mehr, die ist nicht so", flüstert der Rote Adler.
Sie fliegen über ein Gebirge mit dunklen Wäldern. Der Himmel ist rot, und vom Westen naht die Dämmerung. An den Tragflächen gehen die Positionslampen an. Die Erde hüllt sich in einen grauen Mantel, der zusehends dunkler wird. Manchmal blinzeln Lichter von Städten oder Dörfern herauf, die wie Sterne sind, so daß es aussieht, als breite sich unter ihnen der Himmel aus.
Nach dreiviertel Stunden schweben sie über Berlin, umkreisen den Flugplatz mit den roten und grünen Signallampen und landen. Der Motorenlärm verstummt. Ein gelber Elektrokarren schiebt die Gangway ans Flugzeug.
,,Berlin, ist klar, bin gespannt", sagt der Schweiger.
Der Rote Adler drängt sich nach vorn. Salvi möchte an seiner Seite bleiben, aber das Gedränge ist so dicht, daß er ihm nicht folgen kann.
,,Warum hat er's so eilig?" fragt er Lucia.
,,Giuseppe braucht ihn als Dolmetscher."
,,Spricht er denn deutsch?"
,,Hat er's dir nicht erzählt? Seine Mutter ist aus Österreich."
,,Und Giuseppe?" fragt Salvi.
,,Kann auch 'n bißchen, hat's so für sich gelernt. Die Briefe hat er zusammen mit dem Roten Adler ge-

schrieben, und dann wurden wir eingeladen ... Komm jetzt ... Ach, Salvi, ich bin so aufgeregt." Sie zieht ihn hinter sich her. „Ich will auch Deutsch lernen", sagt Salvi.

Der Vorplatz des Flughafens wird von Scheinwerfern beleuchtet. Salvi schnürt sich in seinen Anorak ein und schart sich mit den anderen um Giuseppe und den Roten Adler. In Sizilien spürt man um diese Stunde noch den Atem der Sonne. Hier ist es kühl.

Salvi stellt sich auf die Zehenspitzen und späht nach den Pionieren aus. Er erinnert sich, daß ihm der Rote Adler gesagt hat, Pioniere gebe es in der ganzen Welt. Wo aber sind die deutschen Pioniere?

Wäre Salvi jetzt allein, käme er sich in der Neuen Welt, wie Giuseppe sie genannt hat, ziemlich verlassen vor. Was er sieht, ist fremd und eigenartig. Das langgestreckte Gebäude mit den hellen Fenstern erinnert ihn an das Schiff, das er einst im Traum mitten in die Stadt mit den Kathedralen und Eisdielen hineingesteuert hat. Oder war es Nicolo gewesen, der am Steuer gestanden hatte?

Die Pioniere folgen der Stewardeß zur Paß- und Zollkontrolle. Überall sind Lichter in den Abend gesprenkelt, und von den Menschengruppen, die plaudernd zusammenstehen, geht zuversichtliche Ruhe aus. Das Gefühl der Verlassenheit, das Salvi für einen Moment berührt hat, verfliegt. Er spürt, daß etwas Neues in sein Leben gekommen ist, was er noch nicht fassen kann, aber es ist da, und es ist schön, daß es da ist.

Über die Landstraße, die zum Flugplatz führt, rast ein kleiner, grüngestrichener Omnibus. Der Fahrer

schimpft, und der Beifahrer, ein braunhaariger Riese, der den Kopf einziehen muß, um nicht gegen das Dach zu stoßen, hat sein Lachen verloren.
„Sie hängen mich auf", sagt er. „Fahr schneller, Rudi."
„Ich bezahle die Strafe nicht", knurrt der Fahrer und tritt aufs Gaspedal. Sie biegen rechts von der Straße ab. Vor ihnen flimmern die Lichter des Flughafens.

Giuseppe sitzt mit den Pionieren im Restaurant. Salvi trinkt seine Limonade und denkt an Hunderteier. Dort ist er manchmal mit einem Freund zum Fröschefangen gegangen, an einen Teich, der dem Padrone gehört. Meistens jedoch war er allein; denn wer von den Fischerkindern hätte schon Zeit zum Spielen gehabt? Jeder hatte seine Freude und seine Trauer für sich allein, darum ist die Freude nur halb so schön und die Trauer doppelt so traurig gewesen.
Lucia zupft ihn am Ärmel.
„Woran denkst du, Salvi?"
„An mich und an uns alle", erwidert er.
Durch das Restaurant geht eilig der braunhaarige Riese, lacht und breitet die Arme aus, als wolle er alle Leute im Restaurant umarmen.
„Da seid ihr ja! Scusi, pardon! Wir sind zu spät weggefahren. Ich bin ja so froh, daß ich euch noch treffe."
Er ist wie ein Sturmwind, der frische Luft und Lachen ins Leben bläst. Sein Italienisch ist etwas holprig, und er flicht hin und wieder ein deutsches Wort ein. Was man nicht versteht, kann man leicht an seinem Gesicht erraten.
„Ich heiße Paul — Paul Schiefelbein. Herzlich will-

kommen! Und du — bist Genosse Giuseppe!" Er schließt Giuseppe in die Arme und klopft ihm kräftig auf den Rücken.
„Herzlich willkommen, Pioniere!" ruft er mit dröhnender Stimme.
Giuseppe lacht, und auch die Gäste an den Tischen lachen oder schmunzeln.
„Danke, Genosse Schie ... Schie ... Schielbahn ... mille grazie ..."
„Schie-fel-bein. Ist zu schwer, sagt einfach Paul! Nun kommt, unten wartet unser ‚Laubfrosch'. Ihr werdet müde sein."
Der grasgrüne Omnibus verläßt den Flughafen. Salvi darf sich zwischen Paul und den Fahrer setzen. Jeder hat eine Tüte mit Wurststullen und Tomaten bekommen. Das Motorengeräusch ermüdet. Nach kurzer Zeit sind die meisten eingeschlafen. Selbst Giuseppe macht ein Nickerchen.
„Drück auf die Tube, Rudi", flüstert Paul.
„Wird gemacht ... Haste Schwein gehabt, Paule."
„Meine Schuld ist's doch nicht, wenn das Abendbrot nicht fertig gewesen ist."
„Da wär's aus gewesen, Paule."
„Stimmt. Franz hätte mich aufgehängt."
Salvi hört die leise geführte Unterhaltung. Schade, daß er nichts verstehen kann.
Nun liegt die Stadt hinter ihnen. Die Scheinwerfer tasten sich durch das Dunkel. An den Straßenrändern stehen dicke Bäume. Viele Gedanken gehen Salvi durch den Kopf.
„Ich bin wach, Signore."
„Signore? Sag Paul oder Paolo."
„Ich will Deutsch lernen, Paolo."

„Gute Idee!“
„Dann könnt ich hierbleiben.“
„Hierbleiben? Hm, ja. Träumst ein bißchen, nicht wahr? Lehn dich ruhig an. Es dauert noch ein Weilchen, eh du ins Bett kommst.“
Salvi lehnt seinen Kopf an Pauls Arm. Lichter huschen vorbei. Der Motor summt. Sie fahren auf einer breiten Straße durch stille Wälder, über denen der Mond pendelt.
Salvi schlummert ein.

Heimkehr

Seltsam schwebt ein Grau über den Gräsern — ein Hauch, ein zarter Gedanke, und aus den Wäldern kommt der Tag. Es ist, als zerplatzten Seifenblasen voll Licht, plötzlich schillert das Grau lila, wird gelb und fängt an zu leuchten. Salvi spürt die Dämmerung und blinzelt zum Fenster, durch das würzige Luft ins Zimmer strömt. Leise steht er auf, wie er es zu Hause gewohnt war, wenn er mit Giulia aufs Feld mußte. Über seinem Bett hängt ein Bild, eine Wiese und eine alte Brücke, die wie ein Galgen aussieht. Auf dem Tisch stehen Blumen in einer Vase, und am Schrank lehnt eine Gitarre. Giuseppe, Domenico und der Rote Adler schlafen noch.
Salvi irrt durch Korridore, die einander ähnlich sind, so daß er sie nicht zu unterscheiden vermag. Nach längerem Suchen findet er eine Treppe, die zum Ausgang führt. Zögernd tritt er ins Freie. Eine große, wunderbare Stille. Es ist, als betrete er einen riesigen Saal, der vom Gesang der Vögel erfüllt ist.

Wo bin ich? denkt er verwundert. Im Wald oder in einer Stadt? Oder in einer Stadt im Wald?
Und wo sind die Zelte, die er im Film gesehen hat? Ist er nicht auf bloßen Füßen hinausgeschlichen, um als erster das Trompetensignal zu hören? Halte die Augen offen, Salvi, wie der Entdecker Kolumbus! Er macht sich also auf den Weg, um die Stadt im Wald zu erforschen. Und wenn die Langschläfer erwachen, wird er ihnen berichten, was er erlebt hat.
Eigentlich ist es kein Wald, und es ist auch keine richtige Stadt, obwohl es Straßen und Häuser gibt. Es ist ein Park mit Rasenflächen und Blumenbeeten, in dem junge Kiefern, Birken und Kastanien wachsen. Und mitten hinein sind die Häuser und Straßen gebaut worden. Was Salvi vergeblich sucht, sind Reklameschilder und Schaufenster. Auf der Wiese zwischen zwei Fahnen steht das Porträt eines Mannes. Sein Gesicht lächelt ein wenig, das Lächeln sitzt um den Mund und liegt im Blick der harten, erfahrenen Augen. Salvi drückt sich an dem Bild vorbei. Ob das der Padrone ist?
Er trabt weiter und stößt an der Ecke mit einem Polizisten zusammen, einem Polizisten in grüner Uniform, mit Koppel und Revolvertasche. Der Schreck verschlägt Salvi die Sprache ... Ein Polyp! Der Polizist sagt etwas und zeigt auf Salvis Füße ... Ist es verboten, barfuß zu laufen?
„Non capisco, Signore“, stammelt Salvi.
Wieder deutet der Polizist auf Salvis Beine, schüttelt sich, als friere er, klopft an seinen Stiefelschaft und legt die Hand auf Salvis Schulter. Verhaftet! denkt Salvi, dreht sich blitzschnell um, springt durch taufeuchtes Gras und rennt im Zickzack zwischen den Baumstämmen, jeden Moment einen Ruf oder gar

einen Schuß erwartend.
Vor einer Treppe aus Holzbohlen, die einen steilen Berg hinunterklettert, bleibt er stehen. Sein Herz klopft stürmisch. Er ist lange gelaufen, und der Polyp hat ihn verloren. Daß es auch in der Neuen Welt Polizisten mit Revolvern gibt, hätte er nicht vermutet. Oder suchte man ihn schon, weil er sich Antonios Namen geborgt hat?
Salvi lauscht. Allmählich beruhigt er sich. Durch das Gebüsch schimmert ein Licht. Er springt die Treppe hinunter und erblickt den See. Am Ufer ist ein Spielplatz mit Turngeräten, Schaukeln und einem Karussell. Boote, schlank wie Schwertfische, liegen auf der Wiese, und vor der Landebrücke wiegt sich ein Segelschiff.
Salvi starrt geblendet in die Sonne. Über den schwarzen Wäldern steht sie. Vergessen ist der Zusammenstoß mit dem Polizisten. Er ist am Ziel seiner Wünsche. Dies ist das Land der glücklichen Kinder, das er im Film gesehen hat.
Kein Lüftchen weht an diesem Augustmorgen. Der See glänzt. Und wäre es nicht so kühl, würde Salvi zu den dunklen Wäldern hinüberschwimmen. Am Ufer entlang geht ein Junge. Salvi glaubt seinen Augen nicht trauen zu dürfen. Dio mio, es ist der Junge mit der goldenen Trompete! Aber eigentlich wundert er sich gar nicht so sehr. Was er erlebt, ist sowieso ein Märchen, und im Märchen geschieht immer, was man sich wünscht.
„Guten Morgen", sagt der Junge.
Er ist etwas größer als Salvi und späht über ihn hinweg in die Ferne.
„Buon giorno", sagt Salvi.

Der Junge lacht, und der grüblerische Zug verliert sich aus seinem Gesicht.

,,Franzose?" fragt er.

,,Italiano."

,,Aha, verstehe, Italiener."

Der Junge tippt sich an die Brust.

,,Ich — Martin. Und du?"

,,Io — Salvi."

Auf die Sonne deutend, sagt Salvi nach kurzem Schweigen: ,,Il sole."

,,Die Sonne", sagt Martin.

,,Bellissimo."

,,Wunderschön."

,,Il sole e bellissimo."

,,Die Sonne ist wunderschön."

Die Jungen verstehen sich gut. Es macht ihnen Spaß, nach Wörtern zu suchen, und sie sind so vertieft, daß sie den Polizisten, der vom Spielplatz kommt, nicht bemerken. Salvi hat sogar die goldene Trompete vergessen.

,,Di Sonne is wunderscheen", murmelt er.

Er findet, daß es gar nicht schwer ist, Deutsch zu lernen, und zeigt auf einen Baum.

,,L'albero."

,,Der Baum."

,,Castagno."

,,Ja, ja, Kastanie."

,,Si, si, castagno."

Salvi hört Schritte. Er dreht sich um und sieht den Polizisten. Nun ist es mit seiner Entdeckungsreise vorbei! Diesmal fällt es ihm nicht ein, davonzulaufen. Er weiß selbst nicht, was ihn hindert. Ist es Martin mit seiner Trompete, die übrigens aus Messing und

nicht aus Gold ist, oder ist es das Gesicht des grauhaarigen Polizisten, das eher Besorgnis als Ärger zeigt? Dabei hätte er doch allen Grund, über Salvis Flucht zornig zu sein.
Salvi wirft einen sehnsüchtigen Blick auf das Segelschiff und die schlanken kleinen Gummiboote. Und er sieht überm See einen Fischreiher kreisen. Der Polizist spricht mit Martin. Salvi errät den Sinn. „Italiener" und „Salvi" versteht er. Der Polizist nickt zufrieden. Nun weiß er wohl, was er wissen wollte. Di Sonne is wunderscheen, denkt Salvi traurig, und er kann es Martin nicht einmal übelnehmen, daß er ihn verraten hat. Ein Pionier lügt nicht. Also war er gezwungen, dem Polizisten die Wahrheit zu sagen. „Auf Wiedersehen, Salvi", sagt Martin. Er klemmt die blankgeputzte Trompete unter den Arm und eilt über den Spielplatz zur Treppe.
„A rivederci, Martin."
Der Reiher stößt auf einen Wasserkringel hinab und steigt mit einem Fisch im Schnabel wieder empor. Wenige Minuten später schallt das Trompetensignal durch die Kinderstadt im Wald.
„Italiano?" fragt der Polizist.
„Ja, ja", erwidert Salvi.
Auf einer Lichtung stehen Zelte, die Salvi bei seiner hastigen Flucht vorhin übersehen hat. Er hört Lachen und lustiges Geschrei.
Eine Schar Jungen kommt aus den Zelten und rennt, die Handtücher schwingend, zum Waschplatz. Salvi klappert mit den Zähnen, als er sieht, wie sie sich das kalte Wasser über die Brust laufen lassen. Ihn fröstelt in seinem dünnen Hemd, und wenn er bedenkt, wie heiß es jetzt in Sizilien ist, kommt es ihm doppelt so

kalt vor. Hätte er doch den Pullover angezogen!
,,Kalt?" fragt der Polizist.
,,Non capisco, Signore."
Der Polizist zeigt auf Salvis Beine und droht mit dem Finger. Dann geschieht etwas Merkwürdiges. Er zieht seine Jacke aus und hängt sie dem Jungen um die Schultern. Salvi ist so überrascht, daß er kein Wort herausbringt. Schweigend geht er mit dem Polizisten, der Koppel und Revolvertasche in der Hand trägt. Die Uniformjacke reicht Salvi bis zum Knie.
So betreten sie das Zimmer.
Domenico starrt Salvi verblüfft an, der Rote Adler bricht in Lachen aus, und Giuseppe weiß nicht, ob er zornig sein oder lächeln soll. Der Polizist nimmt die Jacke von Salvis Schultern.
,,Gut?" fragt er.
,,Mille grazie, Signore."
Der Rote Adler unterhält sich mit dem grauhaarigen Polizisten, und auch Giuseppe spricht ein paar deutsche Wörter. Salvi zieht indessen den Pullover über und macht sich schweren Herzens bereit, dem Polizisten zur Wache zu folgen.
,,Mach's gut, Roter Adler. Sei mir nicht böse, Giuseppe. Und auf Wiedersehen, Domenico." Er gibt den Freunden die Hand.
,,Was'n mit dir los?"
,,Wo willst du hin?"
Der Polizist hakt sein Koppel ein, legt grüßend die Hand an die Mütze und verläßt die Stube. Salvi starrt verdutzt auf die Tür.
,,Dachtest du, er nimmt dich mit?" fragt der Rote Adler.
,,Ja, aber ich wär wieder weggelaufen."

„Salvi, Salvi“, sagt Giuseppe lachend. „Entweder du wirst einmal Präsident von Italien, oder es nimmt noch ein schlimmes Ende mit dir.“
Domenico zupft an den Saiten seiner Gitarre. Salvi ist von der Aussicht, Präsident von Italien zu werden, angenehm berührt.
„Dann kauf ich dem Padrone die Felder ab und geb sie den Fischern. Und Nicolo kriegt einen Fischkutter.“
„Schön. Und was wird aus den anderen?“
„Welche anderen, Giuseppe?“
„Aus dem blinden Francesco, dem alten Gaspare oder den Arbeitslosen von Neapel?“
Salvi denkt nach.
„Vielleicht muß man es so machen, wie es die Leute hier gemacht haben.“ „Bravo, Salvi, bravissimo, dich wählen wir zum Präsidenten. Was, Giuseppe? Den wählen wir.“
„Schon recht, aber jetzt geh ich zu den deutschen Genossen und erklär ihnen, daß Salvi Salvi und nicht Antonio ist.“
„Warte ein bißchen“, ruft der Rote Adler. „Das ist doch nicht so eilig. Wir sind ja gerade erst warm geworden.“
„Und was meinst du, Salvi?“
„Bitte, geh, Giuseppe.“
Der Rote Adler knöpft seine Schuhe zu und setzt sich mürrisch an den Tisch. Salvi erzählt von seiner Begegnung mit Martin. Und während er spricht, gehen ihm die deutschen Wörter durch den Kopf: Die Sonne ... Der Baum ... ja, ja ... wunderscheen ... Kastanie. Er fragt den Roten Adler nach neuen Wörtern und murmelt sie so lange vor sich hin, bis

er sie sich gemerkt hat.
Der Schweiger steht am Fenster. Draußen sind die Pioniere zum Morgenappell angetreten. Es ist schön, sie in der Sonne zu sehen, mit ihren weißen Hemden und den blauen oder roten Halstüchern. Martin bläst das Signal zur Flaggenhissung, und ein Trommler schlägt den Trommelwirbel. In der ersten Reihe steht Paul, alle überragend, und macht ein feierliches Gesicht.
Nach einer halben Stunde kommt Giuseppe mit Paul Schiefelbein, um die Gruppe zum Frühstück abzuholen. Giuseppes Miene ist undurchdringlich.
„Was ist, Giuseppe?" fragt Salvi beklommen.
„Am besten, du fragst Paul."
„Erledigt, der Fall", sagt Paul. „Wir haben statt Antonio Salvi in unsere Liste geschrieben."
Salvi atmet auf. Plötzlich ist alles, was er sieht und erlebt, von stärkerem Glanz als vorher. Wie die Sonne im See spiegeln sich die Dinge, und die Entdeckerneugier begnügt sich nicht mehr mit Äußerlichkeiten. In den kommenden Tagen hört er ein Wort, das ihn zum Nachdenken zwingt. Auch in Hunderteier ist dieses Wort nicht unbekannt, hier aber hat es eine besondere Bedeutung. Paul Schiefelbein gebraucht es beinahe zwanzigmal, als er mit ihnen einen Rundgang macht: Das ist unser Kinosaal. Unsere Bibliothek. Unsere Schule. Unser Jollenkreuzer. Unsere Freilichtbühne. Unser Speisesaal. Unser Pionierhaus. Unser Spielplatz ... Durch vorsichtiges Fragen erfährt Salvi, daß der See, der Wald und die Gebäude tatsächlich den Kindern gehören, allen Kindern des Landes, die sich hier eine Kinderrepublik eingerichtet haben. Wer aber bezahlt das Essen,

die Autos, das Segelschiff, den elektrischen Strom? Und wer bezahlt den Lohn für die Maurer und Köchinnen?
Die Arbeiter und Bauern des Landes? Das könnte nicht einmal der Padrone in Hunderteier, der in Catania fünf Häuser besitzt und von einem Marchese ein Schloß gekauft hat.
„Dort kommt unsere Bibliothekarin", sagt Paul.
Salvi horcht auf. *Unsere* Bibliothekarin? Gehören etwa auch die lebendigen Menschen den Kindern?
Paul lacht.
„Frag sie doch selbst ... Hallo, Helga!"
„Keine Zeit, Paul."
„Eine Minute nur."
Helga bleibt stehen. Lucia starrt sie verzückt an. Ihr gefallen die blauen Augen und das lange blonde Haar, überhaupt gefällt ihr alles, und sie möchte so aussehen wie die schlanke Signorina.
„Meine Frau", sagt Paul. „Salvi will dich etwas fragen, Helga."
Salvi schüttelt den Kopf. Irgend etwas an seiner Frage kommt ihm komisch vor, und er möchte sich vor Helga nicht blamieren. Er hat sich in der Mittagspause mit Martin verabredet und will zuerst einmal mit ihm darüber sprechen. Den Roten Adler bittet er, ihn zu begleiten. Die Jungen treffen sich auf der Freilichtbühne.
„Kennst du Helga Schiefelbein?"
„Unsere Bibliothekarin? Ja."
„Gehört sie euch?"
Der Rote Adler grinst, als er die Frage übersetzt. Aber Martin bleibt ernst. „Gewissermaßen gehört sie uns", sagt er.

„Ich hab 'ne Schwester, die gehört meinem Schwager Nicolo. Und Helga gehört Paul. Oder nicht?"

„Wieso Paul? Der ist doch bloß unser Pionierleiter. Es ist ihr Mann, gut ... Überhaupt kann man nicht sagen, sie gehört dem oder dem. Mit einem Wort: Sie ist unsere Bibliothekarin."

Da ist wieder dieses Wort „unser", und auch Martin kann es nicht richtig erklären. Der Rote Adler tippt sich an die Stirn und sagt, Salvi spinne. Sie gehen zur Bibliothek. Helga kommt gerade vom Mittagessen. Salvi staunt über die vielen Bücher, die in den Regalen stehen und auf den Tischen liegen. Es gibt Bilderbücher und andere, die nur mit schwarzen Buchstaben bedruckt sind. Der Raum ist etwas dämmerig und erinnert Salvi an die Feierlichkeit einer Kirche.

Die Bibliothekarin räumt die Bücher von den Tischen und fragt die Jungen, ob sie ein besonderes Anliegen hätten. Sie kommen ins Gespräch, und da es sich gut mit ihr plaudert, wagt Salvi, seine Frage zu stellen. Helga lacht zuerst, dann wird sie ernst und lächelt, und dann denkt sie lange nach.

„Wem ich gehöre? Ich gehöre mir selbst, und dann natürlich, in meiner Arbeit, den Kindern. Und wie ist das bei euch?"

„Bei uns ist das anders", sagt Salvi, „weil wir nichts haben, was uns gehört, noch nicht einmal den Boden, auf dem unsere Hütte steht."

Allmählich kommt Salvi hinter den Sinn des Wortes „unser". Und er wundert sich nicht mehr, daß es so oft ausgesprochen wird. Es gibt hier so viel, was allen gemeinsam gehört, eigentlich alles, was man sich denken kann.

Im Morgenrot und am Abend, wenn die Sonne ertrinkt, schwebt der Fischreiher über dem See, ein einsamer Herrscher, der die trillernden Pünktchen am Himmel verachtet. Er liebt die Einsamkeit und den Wind. Salvi beobachtet ihn, wie er in Hunderteier den Adler beobachtet hat, der morgens und abends die Herde belauert.

Die Tage vergehen. Salvi zählt sie nicht.

Heute sind sie mit dem Schiff hinausgefahren. Ein schwacher Wind bläht die Segel. Sie glitten an der Promenade entlang und winkten den Leuten, die unter Bäumen spazierengingen oder in der Sonne auf Bänken saßen oder am Anlegesteg auf den weißen Dampfer warteten.

Sie fuhren ans andere Ufer, stießen mit der Spitze in eine Schilfschneise und lauschten Domenicos Gitarrenspiel.

Sie sangen Lieder, kühn und weit wie Adlerflug.

Sie suchten Schlangen fürs Terrarium und jagten Schmetterlinge, die über sonnige Waldwiesen tanzten.

Sie aßen ihr Abendbrot, das sie sich mitgenommen hatten, und nun segeln sie wieder über den See.

Es dunkelt.

Giuseppe zeigt zum Ufer.

„Siehst du das Feuer, Salvi?“

„Ich sehe es.“

„Überall brennen die Feuer, bis zum Gelben Meer. Aber es stehen keine Indianer mehr an der Küste, die man unterwerfen kann.“

„Es sind Kinder“, sagt Salvi.

„Die Neue Welt, Kolumbus.“

Das Schiff ist in Rot getaucht, und die Wellen wispern

geheimnisvoll. Vom Ufer gegen die Sonne gesehen, ist es ein Schatten, der lautlos näher kommt.
„Ich spreche schon viele Worte Deutsch, Giuseppe. Weißt du, was ich vorhabe?"
„Kann es mir denken."
„Ich möchte hierbleiben", sagt Salvi.
„Du mußt mithelfen, daß auch in Italien die Feuer brennen."
Salvi erwidert nichts. Sie steuern auf die Brücke zu. Ringsum ist Dunkel, bis auf den See und den Himmel. Sie setzen sich zu den Pionieren ans Feuer. Martin rückt zur Seite, um Salvi und dem Roten Adler Platz zu machen. Zwischen den drei Jungen, die sich jeden Tag treffen, keimt das Saatkorn der Freundschaft. Das Reisig knistert und knackt. In der Feuerlohe werden die Funken nach oben gerissen. Ein wildes, schönes Bild, wie aus der Nacht herausgeschnitten mit seinen glühenden Farben.
Salvi blickt nachdenklich in die Flammen. Die leisen Gespräche erreichen ihn nicht. Überall brennen die Feuer, bis zum Gelben Meer.
„Denkst du an Sizilien?" fragt Martin.
„Ja, auch an Sizilien."
„Es muß schön bei euch sein ... Palmen und Apfelsinen ... Das Meer ... Und immer scheint die Sonne."
Martin beugt sich vor.
„Verstehst du mich, Salvi?" Seine Stimme klingt ungeduldig. Salvi schaut den Freund verwundert an.
„Ja, ich verstehe dich. Warum fragst du?"
Schweigen. Ein zierliches Mädchen tritt in den Ring. Ihre dunklen Mandelaugen schauen lächelnd in die

Runde. Sie trägt einen schwarzen Rock, eine weiße Bluse und ein rotes Pioniertuch. Alles an ihr ist adrett und ordentlich. Als sie die Arme hebt und die dünnen Hände im Handgelenk bewegt, verstummen die Gespräche. Sie singt ein Lied und wiegt sich im Tanz. Die Melodie dringt sonderbar schrill und klagend aus ihrer Kehle.

„Wer ist sie?" fragt Salvi.

„Aja, aus Jerewan."

„Jerewan? Wo ist das?"

„Eine Stadt in Armenien."

Der Tanz erinnert Salvi an eine Sage, die ihm Nicolo erzählt hat: Eine Sklavin tanzte vor ihrem Herrn, der den Priestern vom Berg Erice befahl, sie zu töten, falls bis zum Abend kein Regen in die verdorrten Felder fiele. Da bemerkt Salvi, daß Ajas Bewegungen trotzig und herausfordernd werden. Sie ist keine Sklavin, die um ihr Leben fleht. Fünf Mädchen, gekleidet wie sie und ebenso dunkelhaarig, huschen in den Ring. Aja durchbricht den engen Kreis, der sie fesselte, und tanzt mit ihren Gefährtinnen nach einer neuen, stolzen Melodie, und ihre Augen, die in die Vergangenheit geschaut haben, sind diesseitig und funkeln vor Lebenslust.

Salvi wirft einen glimmenden Zweig in die Glut. Was er erlebt, ist fremdartig und zugleich vertraut. Es hält ihn fest und treibt ihn mit sanfter Gewalt nach Sizilien zurück. Während er grübelt, tritt ein schlanker, listiger Mann in die Runde, der trotz der vielen Runzeln im Gesicht noch jung aussieht. Er blinzelt ins Feuer und reibt sich die Hände, dabei macht er einen Buckel wie ein schnurrender Kater. Nach einer Weile dreht er sich um und blickt mit zufriedenem Lächeln auf

die ums Feuer gruppierten Gestalten.
Das Stimmengewirr sinkt zu einem Flüstern herab, und obwohl nichts geschehen ist, haben alle den Eindruck, es wäre etwas geschehen. Das Gesicht des Mannes ist rot gegerbt von der Hitze. Er spricht stockend, und seine Sätze kommen von weit her. Das Listige hat sich in die Augenwinkel verkrochen, und es hat den Anschein, als warte er auf den Schrei eines Vogels. Er erzählt von fremden Ländern und von einem Krieg, der die Menschen getötet und die Städte verbrannt hat.
„Verstehst du, was er sagt?“ fragt der Rote Adler.
„Nicht alles.“
„Er hat gegen die Faschisten gekämpft“, flüstert Martin den Freunden zu. Es ist eine Nacht ohne Sterne, der Himmel dunkel, fast schwarz.
Der Mann setzt sich eine Brille auf und liest aus einem Buch vor. Es erzählt die Geschichte eines jungen Kommunisten, der aus dem Zuchthaus geflohen ist. Keiner wagt es, Zweige in das verlöschende Feuer zu werfen. Salvi gerät ins Träumen. Er sieht sich am Lagerfeuer stehen, umgeben von den atemlos lauschenden Kindern seines Dorfes. Die Felsen sind dunkel, die Flammen lodern bis zum weißen Gipfel des Ätna, und Salvi erzählt von den Abenteuern seiner großen Reise.
Die Stimme schweigt. Der Mann klappt das Buch zu. Er nimmt die Brille ab und schaut blinzelnd in die lauschenden Gesichter. Das Feuer ist niedergebrannt, zurückgeblieben sind weiße Asche, verkohltes Holz und ein Rauchgeruch, der nach Abenteuer schmeckt.
„Schrecklich spannend, die Geschichte“, sagt der

Rote Adler. „Ich hätte sie gern bis zu Ende gehört."
„Sie endet hier, am Lagerfeuer", sagt Giuseppe.
„Wieso?"
„Es ist seine eigene Geschichte. Er gehört zu denen, die den Faschismus besiegten. Sonst gäbe es das alles nicht, was du hier siehst." Giuseppe schweigt und fährt nach kurzer Pause fort: „Eigentlich stimmt das nicht. Zu Ende ist seine Geschichte nicht. Sie geht weiter, bis zu seinem Tode, und auch danach, immer!"
Im Speisesaal brennt Licht, und die Küchenfrauen klappern mit den Kannen. Insektenschwärme tanzen um die Straßenlampen. Die drei Freunde bummeln hinter den anderen her.
„La notte", sagt Salvi.
„Die Nacht", sagt Martin.
„Dormire."
„Schlafen?" Martin bleibt plötzlich stehen. „Kommt mit "
„Wohin?"
„Irgendwohin."
Sie gehen zur Freilichtbühne und setzen sich in der ersten Reihe auf die Bank. Über dem Eingang brennt die Lampe. Es ist still wie auf dem Grund des Sees. Der Rote Adler hustet, und Salvi kuschelt sich in seinen Pullover. „Morgen gibt es einen Film, den kenn ich schon vom Fernsehen", sagt Martin.
„Schöne Uhr hast du. Wo hast'n die her?" fragte der Rote Adler.
„Von meinem Vater, zum Geburtstag. Nächstes Jahr krieg ich ein Fahrrad."
„Was is'n dein Vater?"

„Bei der Vau-Pee."
„Vau-Pee?" fragt Salvi.
„Volkspolizei."
„Meiner is Maurer, in Milano."
„Und deiner, Salvi?" fragt Martin.
„Tot."
Die Jungen schweigen. Ein trockener Zweig zerspringt. Die Stille hat etwas Bedrückendes.
„Bißchen langweilig hier", sagt Martin.
„Find ich nicht."
„Immer dasselbe. Aufstehn, Morgenappell, Frühstück, Wandern, Segeln ... Und abends ins Bett."
„Hier ist es herrlich", sagt Salvi.
Der Rote Adler steht auf und gähnt.
„Ich geh schlafen."
Salvi will ihm folgen, aber Martin hält ihn zurück.
„Manchmal hab ich komische Gedanken", sagt er.
„Dann möcht ich einfach wegrennen, weit weg."
„Du bist so wie ich", sagt Salvi.
„Weißt du, was ich mir wünsche? Eine Weltreise, wir beide, Salvi, um die ganze Welt."
„Ja, das wär schön. Aber wenn ich hierbleiben könnte — das wär noch schöner. Wie spät ist es, Martin?"
„Halb zwölf. Macht Spaß, so zu träumen, nicht wahr?"
„Ja, macht Spaß."
„Später werde ich Schiffsarzt, dann besuch ich dich", sagt Martin.
Salvi bückt sich nach einem Stein und befühlt ihn.
„Mathematik hab ich nicht gern. Und du, Salvi?"
„Ich weiß nicht, was das ist. Ich geh nicht in die Schule."

,,Was, wirklich?"
Salvis Finger schließen sich um den Stein. Er ist glatt wie ein Taubenei, als hätte er auf dem Grund eines Bachs gelegen.
,,Ich wollte dir nicht weh tun", sagt Martin. ,,Ich hab's in einem Buch gelesen, aber ich konnte es nicht glauben."
,,Was konntest du nicht glauben?"
,,Daß es das gibt! In Afrika oder Indien, ja, aber in Italien, das konnte ich nicht glauben."
Salvi schleudert den Stein weg. Er prallt gegen einen Baum und fällt ins Gras. ,,Ich werde lesen und schreiben lernen", sagt er. ,,Bestimmt!"
,,Aber wie?" fragt Martin.
,,Nachts im Boot. Nicolo muß es mir zeigen. Und der Pfarrer ... Alles will ich lernen, auch Mathematik."
Schritte kommen. Der grauhaarige Polizist geht durch den Lichthof der Lampe. Salvi lächelt. Wie lange ist es her, daß er Furcht vor ihm hatte? Heute hat er den Eindruck, er hätte schon immer hier gelebt. Doch wenn er an den Abschied denkt, dann reitet die Zeit Galopp.
Sie lauschen den Schritten nach. Die Dunkelheit hüllt sie ein.
Vor der Abreise gibt es ein Gewitter. Dreißig Minuten lang tobt es über dem See. Haselnußgroße Tropfen prasseln in die Baumkronen. Der Blitz spaltet eine Birke in zwei Hälften. Es stinkt nach Schwefel. Um den Teufel zu schrecken, schlägt Salvi heimlich ein Kreuz, und siehe, das Gewitter zerteilt sich nach allen Seiten. Die Sonne scheint wieder und trocknet die Tropfen, die an den Gräsern hängen. Weder Gewitter

noch Teufel konnten ihr etwas anhaben.
Als sich die Freunde treffen, ist das Gewitter vergessen; nur die Blumen duften stärker, die Bienen summen eifriger, und die Erde riecht frischer. Der letzte Nachmittag gehört ihnen. Sie können tun, was sie wollen, und sie wollen eigentlich nichts, als miteinander spazierengehen, am Ufer entlang, durch den Wald, die Hügel hinauf und hinunter und wieder zum See. Sie setzen sich ins Gras und schauen ins Wasser. Salvi erinnert sich an Hochwürden, der ihm auf die Hand getreten, an die Krankenschwester, die ihm Geld für die Heimreise gegeben hat, an Francescos Grillenmusik, die in der Mittagsglut an den Mauern emporgestiegen ist, und an den alten Gaspare, der ihm erzählt hat, man müsse den Faden zerreißen.
„Ich schreib dir jeden Monat einen Brief", sagt Martin.
Der Rote Adler beobachtet an seinem Ärmel einen Marienkäfer.
„Von mir kriegst du jede Woche Post", sagt er.
Wie hoch der Himmel ist. Eine Glocke, über Gebirge, Wälder und Seen gestülpt. Und der heiße Wind, der Salvi streichelt, ist wie ein Gruß. Wenn er nach Sizilien zurückkommt, wird der Scirocco auf dem Land lasten, der Gluthauch Afrikas, der jedes Jahr die Insel überfällt. Salvi legt sich ins Gras und verfolgt die Schwalben, die geschäftig durch die Luft schießen. Dabei haben sie nichts zu tun, als Insekten zu jagen und Nester zu mauern. Es macht müde, ihnen zuzuschauen. Er schließt die Lider und erblickt auf der Innenseite die verkleinerte Sonne. Schneller als der Flug der Schwalben überwinden seine Gedanken die

Entfernung vom See bis zur Meeresküste. Guten Tag, Nicolo, da bin ich wieder.
Du, Salvi?
Ich bring dir deinen Armeleutepaß zurück. Tausend Dank!
Heilige Madonna, vergib mir, wenn ich diesem verdammten Lausebengel das Fell gerbe.
Salvi lächelt weise; denn am nächsten Tag wird es Nicolo leid tun, und er wird zu ihm sagen: Schenk mir Papier und Bleistift, Nicolo.
„Er träumt", sagt Martin.
„Er lächelt", flüstert der Rote Adler, und der Marienkäfer breitet die winzigen Flügel zum Flug. Salvi richtet sich hoch und stützt sich auf die Arme. Seltsam, daß man zu gleicher Zeit froh und traurig sein kann.
Sie ziehen sich aus und springen ins Wasser. Sie schwimmen dem Dampfer entgegen, der aus dem Waldwinkel in den See hineinsteuert. Sie wiegen sich in den Wellen der Schiffsschraube und winken den Ausflüglern, die ihnen von der Reling aus zuschauen.
Salvi zeigt seine Tauchkünste. Er verschwindet unterm Wasser und ist lange nicht zu sehen, bis er weit entfernt wieder auftaucht. Er taucht auf den Grund, um den goldenen Pokal zu holen, den der König in den See geworfen hat, und bringt eine Handvoll Schlamm herauf.
Der Nachmittag verfliegt. Sie gehen noch ein wenig spazieren. Martin schenkt Salvi ein feststehendes Messer. Es ist so scharf geschliffen, daß man ein Haar zerschneiden kann. Man könnte auch eine Flöte schnitzen, aber dazu haben sie keine Lust. Sie klet-

tern auf den Abhang und werfen einen letzten Blick auf den See, durch den ein glitzernder Strom mit dunklen Ufern zieht.
„Wann geht es los?“ fragt Martin.
„Um fünf ab Schönefeld.“
„Da müßt ihr zeitig aufstehen.“
„Spätestens halb drei.“
Sie stehen auf dem Hügel und scharren Löcher in den Sand.
„Dann ... Auf Wiedersehen, Roter Adler ... Auf Wiedersehen, Salvi.“
Der Rote Adler räuspert sich.
„Also ... mach's gut, Martin ... Ich ... du ... wir, na, du weißt schon ... Ich schreib dir gleich, Ehrenwort.“
Salvis Hand umspannt das Messer in der Tasche.
„Erinnerst du dich, Martin, als wir uns zum ersten Mal am See trafen?“
Martin nickt.
„Als ich noch dachte, deine Trompete wäre aus Gold?“
„Spaßig“, sagt der Rote Adler. „Aber so war er ... So warst du, Salvi, tatsächlich.“
Salvi lacht und sagt: „Di Sonne is wunderscheen ... Auf Wiedersehen, Martin. A rivederci!“
Im Morgengrauen fährt der „Laubfrosch“ vor. Die Pionierrepublik schläft noch, als Giuseppe mit seiner Gruppe in das Auto einsteigt, und Paul bemüht sich, leise zu sprechen, um keinen der Schläfer zu wecken. Der Motor brummt. Am Tor steht der grauhaarige Volkspolizist. Er öffnet den Schlagbaum und legt grüßend die Hand an die Mütze. Sie fahren auf einer breiten Straße durch stille Wälder. Der Himmel ist

durch Wolken verdeckt, und über der Havel liegt Nebel.

Als Salvi mit dem Fährschiff von San Giovanni nach Messina übersetzt, summt er die Melodie eines Liedes, das er von Martin gelernt hat. Er steht an Deck und schmeckt die salzige Meerluft. Nacht ist es. Die Lichtketten Messinas steigen die Berge hinauf und mischen sich unter die Sterne. Wo der helle Uferstreifen ist, beginnt Sizilien. Vor fünf Wochen zog Salvi aus, um das Glück zu suchen. Vieles hat er gesehen und Wunderbares erlebt.
Nun kehrt er heim.
Siehst du die Lichter dort unten? Das sind die Gaslampen der Fischerboote, die in mondlosen Nächten aufs Meer hinausfahren. In einem von ihnen sitzt Salvi Fünf mit seinem Schwager Nicolo. Salvi ist elf Jahre alt, und die Schwatzmäuler von Hunderteier erzählen sich, er sei dem Teufel in die Hände gefallen. Tatsache ist, daß er im Schein der Gaslampen unermüdlich Buchstaben und Zahlen lernt. Willst du wissen, warum, mußt du Sonntagabend zum Strand hinuntergehen. Dort siehst du ein Feuer brennen, das bis zum Ätna hinaufleuchtet. Und rings um die Flammen sitzen die Kinder von Hunderteier und hören zu, was Salvi ihnen von seiner abenteuerlichen Reise ins Land der glücklichen Kinder erzählt.

Inhalt

Im Dorf
Hindenberg
Es liegt hinter
Terpt, (Terpt Verwandte)